——吾らは、皆等しく、
——お主ら地球の民を愛している。
輪転式ステレオプティコン
-jailed in 2002-

畔倉拓夢
Takumu Azekura
「さて、次はどこを調べてみるかな」
「なあ……これって調査なんだよな？
遊んでるんじゃないんだよな？」
「勿論だとも。吾が役目を放って
遊興に耽るような無精者に見えるか？」
「他の何にも見えねえから聞いてんだよ」

「む。強い絆に結ばれたお主に
そう言われては、さすがに傷つくぞ」
「傷ついた顔をしてから言えよそういうのは」
「まあいい、それより次はあれだ、
あれで遊んでみたい」
「おまえ数秒前の
自分のセリフ覚えてるか？」
メリノエ
Melinoë

「おねえちゃん?
大丈夫?」
「――だいじょぶだいじょぶ、
心配かけてごめんねぇ」
寂院夜空
Yozora Jakuin

輪転式ステレオプティコン

-Jailed in 2002-

AUTHOR = 枯野 瑛

enterbrain

FROM FAR AWAY,
WITH LOVE.

CONTENTS

AKIRA KARENO
PRESENTS
ILLUSTRATION BY
PULP PIROSHI

とうきょう【東京】《名》
2002年まで関東平野の南西部に存在していた大都市。当時は日本国首都でもあった。

sequence00

都市消失

金曜を、決戦の日としよう。

一人の少年が、そう決意を固めた。


傍《はた》から見れば、そう大げさな話でもない。

寂院夜空《じやくいんよぞら》という少女がいる。都内の高校に通う二年生で、少年から見るとひとつ上の先輩にあたる。成績優秀でスポーツも優秀で性格がよくて、基本的に明るいけれどどこか陰があったりして、つまりは今時フィクションの中でもそう見ないほど良くできた人間で、当たり前だがモテていた。

彼女を狙う男子生徒は数多く、そして、少年はその中の一人だった。

同じ委員会に所属しているだとか、弟のようにかわいがられていただとか。そういうアドバンテージはあったものの、それだけだ。男として見てほしい、男として頼ってほしい、そういう衝動が少年にもあった。その衝動が、現状を良しとしなかった。

だから、好意を本人に伝えることを――つまりは告白とやらをすると、心に決めた。

繰り返しになるが、傍から見れば、そう大げさな話でもない。年若い男女の、甘酸っぱい青春の一ページ。どこにでもあるとまでは言わずとも、そう特別なシチュエーションというわけではない。

少なくとも、この時点では。

◇

「夜空先輩ッッ！　お話があるんですがッッ！」

東京都内、砦北《さいほく》大学付属高校。放課後の二階渡り廊下。

少年は、意中の相手を呼び止めた。

意気込みがそのまま声の大きさになり、周囲の注目を集めた。

場所が悪かった。この時間のこの場所は、それなりに人通りが多い。部活棟へ向かおうとしていた者も、図書館で勉強しようとしていた者も、そのほとんどがここを通る。そして、居合わせていたそれらの生徒たちの全員が、驚いて少年に視線を向けた。

少年は、その視線に動じない。というか、今さら周囲の様子に構っていられないくらいには、既に動揺しているのか。とにかく顔を赤く染めて、口をへの字に結んで、まっすぐに、少女を見据えている。

周囲の視線が、その少女へと向く。

「……あのねぇ、ゆめくん」

少女は恥ずかしそうに顔を染めて、頬を指先で掻《か》きながら。

「ＴＰＯって言葉、知ってる？」

質問の形で、抗議を寄越してきた。

少年はゆっくりと顔を上げ、「ええと」と少し考えるような顔をしてから、

「タイム、プレイス、オーバーキル……だったっけ」

あからさまにテンパった声で、そんなことを言う。

「うんうん、最後以外は合ってるね」

はああ、と。少女の唇から、重めの溜《た》め息《いき》がひとつ。

「……もしかしてオレ、何か間違えたかな？」

「うん、主に時間と場所を間違えてるね。おかげで、わたしの恥ずかしさがオーバーキルだよ、もう」

少女は肩をすくめる。

「まぁ、ゆめくんだからなぁ。ムードとか求めるほうが無茶か、うん」

何やら自分を納得させてから、

「……で？」

訊《き》いてきた。

「話って、どういう？　ここで聞いていいやつ？」

「あ、いや……それは、その。大事なお話があるので、金曜日に、少し時間とかもらえねえかなっていう……今日のところは、そういう感じのやつで……」

勢いを削《そ》がれて、少年はたどたどしく、答える。

「ふうん？」

少女は、どこか意地悪く笑う。

「そっか。君もか。そいつはちょいと、寂しい話だ」

「え？」

どこか翳《かげ》りを感じさせる声。

しかしそれも一瞬だけのこと、少女は明るい表情で、

「ん。ま、でもいいでしょう。その挑戦、受けて立ちましょう」

「え？」

「金曜日ね。放課後でいい？　部活あるから、ちょっと待ってもらうかもだけど」

「あ……うん、もちろん、それでいい……です……」

「場所は？　いつものとこ？」

「あ、いえ、できればもうちょっと静かなとこ……探しておくんで……」

「ほぉん？」

少女の目が、なにかを測るように少年の顔を覗《のぞ》き込《こ》む。

「それと、金曜日まで、わたしは君とどういう風につきあえばいいのかな。やっぱ、少しはそわそわしたほうがいい？　いつも通りがお望み？」

「え……いや……それは、その、いつも通りのほうで……」

「おっけ」

少年の額《ひたい》で、小さなでこぴんが弾《はじ》ける。

「じゃあ金曜日にね。今度はちゃんと行く」

「あ、はい……」

「がんばれ、ゆめくん。応援してるぞ」

悪戯《いたずら》っぽい笑顔を残したまま、少女は踵《きびす》を返す。きゃあきゃあと楽しそうにはしゃぐ友人たちとともに、少しだけ早足で、部活棟のほうへと去っていく。

残された少年は、しばし呆《ほう》けたようにその場に立ち尽くしていたが、

「よくやりやがった！」

その背を思い切り平手ではたかれ、我に返る。

「こんの身の程知らずが！」

「骨は拾ってやるぞ！」

「安心して玉砕してこい！」

いつの間にそこにいたのか、クラスメイトたちが、次々平手を背中に降らせてくる。

少年の体から、少しずつ力みが消える。喉が震えて、「はは、は」と、笑いにも似た音が押し出されてくる。


なぜ、次の金曜日だったのか。

理由は単純。その日は、この少年の誕生日だった。そしてこの少年には、自分の誕生日の勝負に強いというジンクスがあった。偶然ではあるが、小学校の時のエレクトーン発表

会、サッカーの試合、中学生の時の生徒会選挙。なぜか彼の誕生日にはその手のイベントが重なりやすかった。そして、まあ細かい勝敗は別にしておくとして、それらに対して後悔しない戦いを展開できた。だから、一世一代の大勝負に、その日を選んだ。

とはいえ、これが大勝負だというのは、当の少年少女だけにとっての話である。

一人の少年が恋をした。その恋の相手に、気持ちを伝えようとした。ただそれだけの、甘酸っぱい青春の一ページ。傍からでも見えている通りである。そこには何の裏もない。金曜が特別な日だというのも、彼らにとってしか意味のない話。

周囲にしてみれば面白い見世物の域を出ないし、似たようなイベント自体はそれこそいくらでも世の中に転がっている。

だからこれは、またも繰り返しになるが、そう大げさな話ではなかった。

少なくとも、この時点までは、そうだったのだ。

◇

早すぎる時間に目が覚めた。

寝直そうとしたが、無理だった。

少年は起き上がり、着替えると、自宅を出た。

静かな、夜明け直後の住宅街を歩く。川べりの道で、軽くジョギングを始める。少しずつ街が目覚め、人々が動き始める。

このあたりで、興奮がぶり返してきた。

「うおおおお……まじか……まじかよ……」

足を止めて、頭をかかえる。にやける口元が止まらない。

「金曜日……ついに、夜空先輩に……ぐおお、まじで言えんのかよオレ……」

昨日もあの後一日中、ずっと同じことを言い続けていたような気がする。帰りの満員電車の中では、周囲の乗客たちに気味悪そうな目を向けられた。やめたほうがいいとはわかっていたけれど、止められなかった。

今は、まわりに誰もいないのだから、誰にも迷惑をかけずに、にやけられる。いやまあ人の目があろうがなかろうが、いい加減にしたほうがいいのだろうけども。

「やるぞ、やるぞ……」

ぶつぶつと繰り返す。

がんばれ、ゆめくん。別れ際に彼女はそう言ってくれた。これはほかのどんな言葉よりも、少年を鼓舞するものだった。彼女の口にする『がんばる』は、そのくらい少年にとって特別だったから。

少年は興奮し、鼻息荒く、

「気合い入れろオレ、先輩をがっかりさせんなオレ……」

——衝撃、

世界が、まるごと揺れたと感じた。

普通の地震であれば、地面が揺れて、地面に接しているあらゆるものが二次的に揺らされる。それとは少し違うような気がした。地面だけでなく、そこにあるすべてのものが、同時に震動に晒《さら》されたような。

そう長い時間ではなかったし、そう激しい揺れでもなかった。しかしそれでも、立っていられずに少年はその場に尻もちをついた。胃が攪拌《かくはん》されたか、かすかな悪心《おしん》を感じる。

まわりの街が目覚め始める。何だ今のは、すげえ揺れだったな、震源地どこだ……そんなざわめきが、風に乗ってかすかに聞こえてくる。

そんな人々の戸惑いの気配が、逆に、少年に日常を思い起こさせた。

やはり今のは、ただの地震だったのだろう。一瞬違うような気がしたけれど、あれは錯覚だ。だから誰もが、そう反応している。ちょっと大きめの揺れに出くわしたときの、ごくありふれた反応をしている。

そう結論して、もっと重要なことについて考える作業に戻ろうとした。

そして気づいた。

「は……？」

小さくうめき声をあげた。

見えたものを信じられず、まばたきをした。

少年が尻をついている場所から、河を挟んで向こう側——広がる街の、さらに遠く。

遠く、紫色の壁のようなものが、天と地を繋《つな》ぐようにして、聳《そび》え立《た》っている。

それは高密度の雷雲に似ていたが、無音であり、また広がったり移動したりという気配をまるで見せなかった。

「CG……？」

ぽつりと、そんな単語が、口をついて出た。

そりゃちげえよ。脳内で友人の一人がつっこみを入れてきた。現代のCG《コンピューターグラフィックス》は画面に映すものであり、現実の景色に重なるように見せるには、AR《オーギュメンテッドリアリティ》という別の技術が必要になる……などと、したり顔で解説までくっつけてきた。

「いや、そうじゃなくて」

どうやら自分は混乱しているらしい。頭を振る。改めて東の空を見る。

CGだと疑いたくなるほど、目の前のその光景は現実離れしていた。ほんの数分前までの自分の日常の延長上に、ありうるはずのないものだった。

そして、やはり突然に。

その紫色の壁は、一度だけ強く発光してから、消失した。

「……あ？」

もしかして、これで終わりなのだろうか。そう思った。

終わってしまえば、結論も出せる。今のは幻覚か何かだ、ちょっと興奮しすぎた自分の自律神経とかそういうやつがイタズラをしたのだ、と。過ぎてしまえば痕跡《こんせき》もなにも残らない、なにせ幻覚なのだから。そう考えた。

「何だよ、驚かすなよ」

そうこぼしながら、視線を東の空から逸《そ》らー――せない。

紫色の壁があった場所を。そして、その向こう側を、凝視し続ける。

ゆっくりと明るくなる地平《ちへい》を、にらみつける。

異常はまだ終わっていないのではないかという不安が、心から抜けていなかった。異変はむしろここから始まるのではないかという直感が、胸を締め付けていた。

「何か……おかしい……？」

実際、そこに異常はあったのだ。

首都圏という場所には、隙間というものを知らないかのように、高層建築が林立している。地平線を覆い隠し、角度によっては空すら侵蝕する、それがこの辺りの常の光景であり、少年がいつも見慣れていた景色だった。

なのに、

「ビルが……減ってる……のか……？」

ぱっと見ただけではわからない。手前のほう、比較的近くに立つビルたちは、先ほどまでは変わらない姿でいたから。

よくよく見れば気づける。遠くのほう、それでも見えていたはずの背の高いビルやタワーたちの影が、なぜか見えなくなっている。霧が出ているわけでも、陽《ひ》が沈んだわけでもないのに、まるで夜明けの空に溶けて消えてしまったかのように。

その異常が何を意味するものなのか、その時点の少年には想像もできなかった。

遠く——正体の知れない轟音《ごうおん》が、響いてきた。今度こそ、地面が揺れているようにも感じる。目の前を流れる河の水面が乱れている。

何だよ。

なにが起きてるんだよ。

わからない。わからないから、なにもできない。尻もちをついたまま、ぽかんと口を開けて空を見ている。

轟音が、震動が、大きくなる。

２００2年、6月5日。午前6時１7分３2秒。

東京と呼ばれていた都市の一部分が、消滅した。

そこにあった建造物も。そこにいた人々も。そこに栄えていた文化も。すべてを呑み込んだまま、無へと帰した。

金曜を、決戦の日としよう。

東京都千代田区の片隅で、一人の少年が、そう決意を固めた。

けれど、その金曜日は、訪れなかった。決戦の舞台も、相手の女性も、彼の前から消えたまま帰ってはこなかったから。


少年の青春は、その日、強制的に終わりを迎えた。

あるいは。

地球人という種にとっての青春時代も、また同じように。その日、終わっていたのかもしれないのだが。

TOKYO STEREO PTICON

東京ステレオプティコン EP.1/3

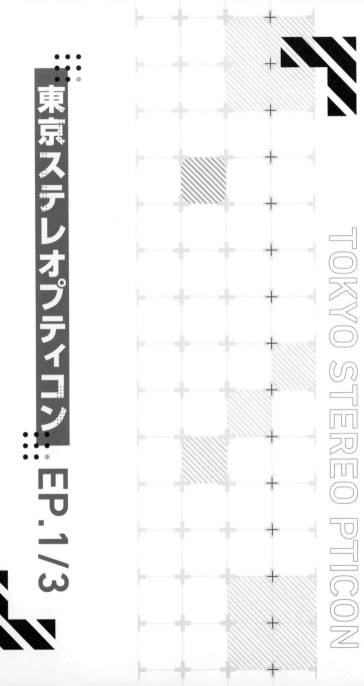

sequence01

そして、その地に至る

［らいほうしゃ【来訪者】《名》
訪ね来る者。狭義では、地球へと降り立った外宇宙存在を指す。］

1.

二十世紀の後半。国々がこぞってロケットを打ち上げていた、いわゆる宇宙開発戦争が事実上終結した、その直後。二機の惑星探査機が宇宙《そら》へと打ち上げられた。

彼らの任務はふたつ。ひとつめは、地球の隣人たる太陽系内の惑星についての情報を集めること。そしてもうひとつは、地球人の友人たりえるかもしれない、恒星系外の異星人にメッセージを届けること。

地球と地球人の情報を刻み込んだ黄金色の金属盤《ゴールデンレコード》を積み込んで、いつか誰かに届くようにという願いを背に、遠い暗闇の世界へと旅立っていった。


それから少々の時が流れて、現代。

「あン時ゃ、すごく気まずくてヨォ」

と、カエル顔のその男は、目をギョロつかせながら、記者の質問に答えた。

「あの手紙はさァ、『いつか宇宙人が読んでくれたらいいナ』ってやつだろォ？　ラーメン屋のテレビで全文見ちまったんだよ、俺等《おいら》ァ。いっそ名乗り出ちまったほうがいいのかとも思ったぜあン時ゃヨォ」

それはまあ、そうだろう。

ボイジャー計画《プログラム》。当時の地球人にとっての宇宙開発の最先端にして夢の結晶。確率的には限りなくゼロに等しい可能性に賭《か》けて、異星の友というロマンを追い求めた。

そして夢やロマンというやつは、宿命的にどうしようもなく、現実《リアル》とは噛《か》み合《あ》わせが悪いものだったりするものだ。

「言えなかったんだよなァ、あン時はまだ、ご時世的になァ。お探しの者なら、ここにいます、なんてよォ……」

つまり、そういうことだ。

一般には知られていなかった、秘されていただけだったのだ。

いつかの邂逅《かいこう》を夢見る必要などない。彼らはずっと、そこにいたのだと。

2.

現場は某外資系貿易会社の本社ビルの7F、第五企画課オフィス。

事件発生時刻は15時38分。企画会議の途中で、その場に居合わせた犯人が突如暴れ出し、社員五名を人質にして、立てこもった。凶器はミドルレンジの生得能力。要求は五千万J$《ジャパニーズダラー》と正規の地球滞在ID、会社の裏帳簿の公開。最後に加えて、上司のカツラをとった写真をネット公開すること。

追記1、犯人は興奮しており、極めて狂暴な性質を露《あらわ》にしている。

追記2、犯人によって小規模なキャビンが展開済みであり、対策が必要である。


辺りを見回す。

あまり趣味の良いオフィスじゃないな、と畔倉拓夢《あぜくらたくむ》は思った。広い部屋に机が並び、PC端末やら書類の束やらが積まれていて、まあそのあたりまではいいとして。調和も節度も考えずに乱雑に置かれたバイオ観葉植物の鉢やら、壁に貼られた大小の鍵付き抽象画やらが、どうしようもなく珍妙な印象を与えてくる。

どれも安いものではないのだろう。金のある会社なのだということと、金の扱い方がいまいちわかっていないようだということは、伝わってくるのだけど。

「外資系貿易会社、ねえ」

それはずいぶんと情報を絞られた言い方だ、と思う。

ここに来る前、少しだけネットで調べたが、とにかく悪評だらけの組織だった。詐欺で集めた臓器を違法に取引するのが基本業務で、副業で危ない薬品も取り扱っていて、最近は模造架空不動産まで売り買いするようになったらしい。

どちらかというとブッ潰す側につきたい、というのが正直な気持ちだ。しかし、そうはいかない。拓夢は調停者である。地球人と来訪者たち、異質極まるふたつの種の間に発生するトラブルを解決する、それが仕事だ。

（面倒な稼業《かぎょう》だよ、まったく）

心中で軽く舌打ちをする。

一度目を閉じて、手の中の金属塊の重みを感じる。

その金属塊には銃把《グリップ》があり、キャリーサイズの銃身《バレル》があり、弾倉《マガジン》があり、引鉄《トリガー》がある。つまるところ、世間一般で言うところの拳銃の形をしている。

そして実際、それには拳銃としての機能がある。

弾丸を込めて、撃鉄を上げて、引鉄を引けば弾が出る。誰かを傷つけることができる。

目を開く。

心の中でカウントする。3、2、1、

「動《フリーズ》くな！」

訓練を受けた体は、スムーズに無駄なく動く。物陰から姿を晒《さら》すと同時、銃口はまっすぐ標的へと向けて固定される。

「来訪者ID.2964、クーハバイン・マルケット！　今すぐ人質を解放してお縄にかかれ！　お前は既に、複数の滞在法規に違反している！　これ以上罪を重ねるな！」

呼びかける。それからほんのわずかに遅れて、

「「うるさあァい！」」

女性の声がふたつ同時に叫び、さらには空を裂く音までついてきた。

拓夢は反射的に身を屈《かが》め、物陰に戻る。何か重いものがスチール製の棚やデスクを打ち据えて薙《な》ぎ払《はら》う、耳障りな破壊音が聞こえる。

人質の会社員たちが、口々に悲鳴を上げた。

しかし、誰一人として、逃げ出そうとはしない。

一見してごく普通の――豪勢な――オフィスに見えるここは、そう偽装しながら形成された異空間だ。俗に〝船室《キャビン》〟と呼ばれる技術によって生み出される、来訪者たちのテリトリーである。一度閉じられたその空間からは、簡単には脱出できない。というか、そもそも純粋な地球人は、その中では「脱出しよう」という発想を抱くこと自体ができない。

「落ち着けクーハバイン、器物損壊は滞在法だけじゃなく、現地法にも反してる！　あー、〝友人《パートナー》〟の君も、説得してくれ！」

コピー機の物陰から呼びかけ、すぐに移動する。半秒ほど遅れて、そのコピー機が鞭《むち》のようなものに打ち据えられ、無惨なスクラップに成り果てるのを見る。

あたりを紙束が舞う。

人質にされている数人の社員たちが、悲鳴をあげる。

「うるさいって」「言ってるでしょォ！」

二人分の、拒絶の声。

「……共生相手《パートナー》の協力は得られそうにない、と」

溜《た》め息《いき》を吐く。

――厄介な相手と、厄介な状況だ。

事前に確認してきた情報を頭の中で再確認する。

ターゲットの名は、呼びかけた通り、クーハバイン・マルケット。地球に生まれた生命ではない、星の彼方《かなた》よりの来訪者。地球人の常識にとらわれず、地球人の倫理に従わず、なのに地球人と利害が部分的に一致してしまう、そういう面倒なやつだ。

「融合系の種族かよ……っんとに、やりにきぃなぁ……」

コンクリート柱の陰に身を潜め、拓夢は小声でぼやく。

覗《のぞ》き見たフロアの中央に、一人の女性のシルエットが立っている。そして少なくともその左半分は、ありふれたスーツに身を包んだ、二十代の地球人女性のそれだ。

しかし右半分は違う。ゴムのような質感を持った紫色の肌、鼻も口も耳もなくただ巨大な眼《め》が穿《うが》たれているだけの貌《かお》。そして、先ほどから自在に伸び縮みしながら破壊の限りを尽くしている、鞭のような右腕。

まるきり、特撮映画に出てくる怪人そのものだ。

その見た目も、そしてその行いも。

「クー、係長の机の裏にいるわ!」「ええ!」

ひとつの口が、二人の女性の声を発する。

右腕が奔《はし》る。

またひとつ、拓夢が遮蔽《しゃへい》に使っていた机が破壊される。

転がるようにして脱出しながら、三度、引鉄を引いた。小さな銃声。二発が、女性のシルエットの肩と腰とに着弾。体勢をわずかに崩させる。

それだけだ。

体勢をわずかに崩させることしかできない。

「痛いでしょうがあぁァ！」

右半分の貌が、猛《たけ》る。

（痛い、だけかよ）

本当に、厄介だ。

来訪者の動きを止めるための、専用拘束弾である。生粋《きっすい》の地球人にはほとんど効果がないように調整されており、誤射の心配が少なくて普段使いには便利。しかしこのように、地球人と一体となるタイプの来訪者相手には効きが悪いという欠点もある。

あまりにも分が悪い。転がるように、いったんフロアを脱出する。

充分な距離をとってから、観察する。

クーハバインは追ってこない。というか、人質の傍《そば》を離れようとしない。「逃げるのか」だの「弱虫」だの、子供じみた悪罵《あくば》をぽんぽん飛ばしてくるだけだ。

こちらにろくな武器がないとナメられているのだろう、ろくに警戒もしていないその姿は、撃とうと思えばいくらでも撃ち抜ける、隙だらけのものではあったが。

「実際、こっちの手持ちじゃ決め手に欠けるか」

拓夢の手にするそれは、愛用の、汎生体制圧用マルチシリンダー。古き良き名銃コルト・ガバメントを模した形状をしているが、中身はまるで違う。多彩な専用特殊弾を撃ち分けることのできる、現代仕様の個人用火器だ。

とはいえ、愛用と言い切れるほど使い込んでいるのだから、そろそろ型落ちである。最新型のように、自動照準や帯磁加速射撃といった便利な機能はついていない。弾倉の弾を狙った先に撃ち出すことしかできない。

拘束弾が当たっても意に介さないような相手に対し、打てる手はあまりない。

「火力のない弾じゃ制圧できない。つっても、強装弾で撃ち抜いたら、ふつうに殺しちまうよなあ……」


「ん？　討伐許可は出ているだろう？」

すぐ傍《かたわ》らから、場に似合わず涼し気な、子供の声が聞こえた。

数秒前まで、確実に、そこには誰もいないはずだった。

しかし拓夢は驚かない。それは当たり前のことであり、少女《こいつ》と付き合ううえでいつものことだからだ。

「別に、殺してしまったとて、罪に問われるわけでもあるまいに」

面白がるように、そして妙に芝居がかった口調で、声の主は言う。

「そういう問題じゃねえだろ」

ちらりとそちらに目をやれば、状況にまるでそぐわない、少女の姿がある。

その姿だけで判断するならば、年は十四ほどか。

肌の白さは、白磁《はくじ》というより石膏《せっこう》のそれ。角度によって赤や緑の光沢を湛《たた》えているようにも見える、奇妙な銀髪。妖《あや》し気に輝く金の瞳。明るい色合いのTシャツとホットパンツ。遙《はる》か遠くに輝く星がそのまま人の像《かたち》をとったような、どこか現実味の感じられない、作りものめいた造形。

何かを恐れるでも怯《おび》えるでもなく、自然体で佇《たたず》んでいる。

〝外資系貿易会社〟の豪勢なオフィスには、そしてもちろん来訪者の暴れる修羅場にも、いまいち噛み合わない場違いな姿。

「それに、いまクーハバインが死んだら、融合してるOLさんも道連れだ」

「だろうな。それが気になるか？　このままでは自分の身すら危ういというのに？」

「ああ、気にするね」

迷わず答える。

少女は鼻を鳴らし、なぜか満足そうに頷《うなず》く。

「その強情さは好ましいな、いかにも人間らしく、そしてお主らしい」

「そりゃどーも。んで、メリノエ。いつものアレ、使っていいか？」

手を差し出す。

「無論だ、好きに遣え」

その上に、メリノエと呼ばれた少女は、どこからか取り出した弾丸を落とす。数は三つ。

拓夢は「サンキュ」と短い礼だけ言って、手早く予備の弾倉にねじ込む。

「ちなみに、今回の効果は？」

「それを云《い》ってしまってはつまらんだろう。撃って、当てればわかる」

「別にオレは、この状況を、面白がりたいわけじゃねえんだがな」

ぼやきつつ、それ以上同じ質問を重ねたりはしない。

「射程は？」

「3、いや4メートルといったところか」

「了解」

散らかりまくったオフィスの俯瞰図《ふかんず》を、脳内に浮かべる。

彼我の距離は、現時点でおよそ13メートル。その間の遮蔽物は、すでにあらかた薙ぎ倒されていて、ないに等しい。つまり、この弾丸を打ち込むためには、自力で10メートル分の距離を詰めればよい、と。

「何とかするんだろう？」

少女が訊《き》いてきた。

「何とかするさ」

銃口で軽く自身の額《ひたい》に触れて、拓夢は答えた。

手近にあったゴミ箱を引《ひ》っ摑《つか》み、投げる。

腕力とコントロールにはそれなりの自信がある。それは紙くずを撒《ま》き散らしながら飛《ひ》翔《しょう》し、部屋を横断しようとしたところで、クーハバインの右腕に叩《たた》き落とされた。

拓夢は飛び出している。

あの伸びる右腕は厄介だが、右腕でしかない。つまり、一本しかないうえ、小回りも利かない。さらに言うならば、肉体的なアドバンテージはさておき、クーハバイン自身が戦闘行為に慣れているというわけではない。つまり、フェイントが有効だ。

姿勢を低くし、矢のように拓夢はフロアを駆ける。クーハバインの目が拓夢を捉える。

ここまでに7メートル強を稼いでいる。あと少し。

「あんたあァ！」

「権力の子飼いがァ！」

ひとつの声が、ふたつの怒声を放つ。

誤算に気づく。右腕の引き戻しが、読んでいたよりもわずかに早かった。このままでは、距離を詰め終わるよりも先に、背中に一撃を喰《く》らう。直撃すれば確実に昏倒《こんとう》するだろう。

しかし左右なりに回避しようと思えば、突撃を中断しなければならない。どちらにせよ攻撃は失敗に終わる。その二択を前に、迷っている時間すらない。

拓夢は一瞬だけ思考し、決断する。

身をよじる。

避けきれない。

スチールの机を容易《たやす》くスクラップにしてのける衝撃が、拓夢の右肩を襲った。視界が、赤だか黄色だかよくわからない閃光《せんこう》に染まる。激痛に、足がもつれる。無様に転ぶ。疾走の勢いのまま、床の上を滑る。

「ざまァ……」「……待って、こいつ」

声のひとつが嘲り、もうひとつが何かに気づく。どちらがクーハバインでどちらがパートナーの地球人なのかはわからないが、まあ、どちらでも構わない。

直撃を喰らえば確実に昏倒する、だから直撃だけを避けた。一撃を受けることは受け入れて、その上で、前進することだけは手放さなかった。

最終的な彼我の距離は、2メートルと少し。射程距離内。

拓夢は唇の端を曲げると、引鉄を三度引いた。

火薬ではない何かが薬室内で弾け、鉛ではない弾頭が銃口から飛び出した。マズルフラッシュの代わりに、花弁《はなびら》のような薄紅色の結晶が周囲に展開した。

放たれた三発は、先ほどと同じような場所に着弾する。そして、

「痛あァ!?」

クーハバインは悲鳴を上げた。

釣られるように、人質たちも何やら叫ぶ。

「ああもう、あんた馬鹿なのォ!?　あんたたちのタマじゃ、あたしたちには効かないって、いい加減学習してもいいじゃないのォ!?」

「……いやぁ、どうだろうな」

床の上、脂汗に塗《まみ》れた顔で、拓夢は笑う。

発砲と同時に現れた薄紅色の結晶たちが、それこそ本物の花弁のように宙を舞い、そして雪のように溶けて消える。

「お嬢さん方。悪いが、今回は、『痛い』だけじゃ終わらせねぇよ」

「何を格好つけ……けっっ、ひっ……ひ、」

急に。

クーハバインは身をのけぞらせ、小さく痙攣《けいれん》を始める。

「地球人と融合されると拘束弾が効かない。だが、うちの相方の出す弾は性格が悪くてね。撃った相手を必ず、そして少々エグい形で無力化する」

解説しながら、立ち上がる……つもりだったが、痛みで体がうまく動かなかったので、床の上に座り込むにとどめる。

「あんまり格好《かっこい》良い絵面《えづら》にならねぇのが玉《たま》に瑕《きず》、だけどな」

特大のくしゃみが、クーハバインの喉から迸《ほとばし》る。

一度ではない。何度も、何度も。

右の貌からも左の顔からも、涙やら鼻水やらがあふれ出す。まともに呼吸ができず、女の体は、ただその場で悶《もだ》える。左の腕はティッシュペーパーを求めて辺りをさまよい、右の腕は力なく床の上に投げ出されている。

彼女たちは、もう抵抗できない。無力化は成った。

強化ガラスを叩き割るような音とともに、キャ、ビ、ンが崩壊する。

日常を装っていたオフィスの光景が、書き割りの背景のように砕け散る。

その後ろから現れたのは、夜景だった。

某外資系貿易会社の本社ビルの７Ｆの、その壁が派手に吹き飛んでいる。そこを通して、外の街の眺めがそのまま目に飛び込んでくる。

（――ああ――）

拓夢は目を細めた。

明るい、と思った。

きらびやかに立体投影された、色彩豊かな無数の看板。薄い靄《もや》の向こうに輝く、モノリスめいた高層建築群。大量にばらまかれた蛍光ＡＲタグ。遺伝子操作されて街灯を兼ねるようになった街路樹たちが、優しい微光を放っている。それらの隙間、光の届かない路地裏は、逆に色濃い黒色に蟠《わだかま》って見えた。

（――ずいぶん、変わっちまったな）

馬鹿げた感想だと思う。

あまりにも今更だ。わかりきっていたはずのことだ。何もかもが変わり果てている。世界も、そして自分自身も。改めて噛みしめるようなことではないはずだ。

それでも、覚えているのだ。思い出してしまうのだ。

かつてのこの街は、この地球《ほし》は、このような姿をしていなかった。


肩の痛みが少しずつ引いてきた。

ゆっくりと立ち上がり、腕時計《うでどけい》を確認し、

「1930《イチキユウサンマル》、被疑者二名を無力化」

ろくに動けずにいるクーハバイン、および彼女が融合しているパートナーの両名に、電子手錠をかけた。

◇

かつてこの星において、宇宙人は、オカルトの世界の住民だった。つまり、実在を怪しまれるくらいには希少で、ほとんどの地球人にとっては縁のない存在だった。

時代というものは、ちょっとしたきっかけで変わるものだ。

この場合、ひとつの航路《いい》の発見が、それにあたる。

現地の暦で、西暦2002年の6月2日。通称ミャラブドゲラスティアン星系の地質探査艇が、半ば事故じみた経緯を経て、地球に漂着した。その時の航行記録が流出し、銀河中に散らばった。

現行銀河の側からしてみれば、これは小さな出来事だ。星などというものはそれこそ星の数ほど存在する。生命や知性体の存在する星も——生命や知性の定義こそ難しいが——大量にある。新しいものがひとつ見つかりましたという程度のことでは、ほとんど誰も興味を持たない。加えてここでいう『航路』は、安全でも確実でもなかった。地球の感覚で言えば、不確かな海図だけを頼りに、荒れた大海にボロ船で漕《こ》ぎ出すような行為だったらしい。

それでも、例外がいた。

地球というちっぽけな異郷の存在を知り、興味を抱き、どういうわけか憧れに焦がれまでして、星の海を渡った者たちがいた。銀河の広さを考えれば、限りなく無に近い数の——それでも、数千に届く数の来訪者たち。

実のところ、彼らが初めての来客だったというわけではない。２００２年以前にも、そこそこの数の者たちが地球を訪れ、滞在していた。しかし彼らは、自分たちが異分子であることを受け入れ、地球人の文明に過剰な干渉をしないように、（程度に個体差こそあれ）表に出ようとはしなかった。だから、知られていなかった。

だが、新たな来訪者たちは、そうではなかった。

星々より来たりし数千の客は、堂々と大気圏の内側に飛び込んできて、地球側にとんでもない環境の変化をもたらした。特に、先の事故から地球の時間で三日後、2002年の6月5日。のちに『来訪者の日』と呼ばれることになるこの日、何百という来訪者が世界中に降り立ち、大混乱を引き起こした。

それまで地球人たちが育《はぐく》んできた現地の文化は、この日を境に、急速に発展したり崩壊したり混交したり新生したりして、変わり果てた。

彼らが持ち込んだ技術や知識のほとんどは、人類には理解も再現もできないものだった。しかし、ごくごくわずかに例外もあった。その例外が、無数の激動を引き起こした。数段階のエネルギー革命。クローニングやサイバネーション技術の躍進。メタバースの自律化と爆発的拡張。文字通り世界が変化した。混乱が起きた。昨日の非常識が今日の常識になる世界では、倫理や道徳すら同じ姿のままではいられない。何十億人が揃《そろ》ってパニックを起こし、どうにかこうにかこの激動の時期を潜《くぐ》り抜《ぬ》けた。

歴史学者たちは口を揃えて言う。全人類が浮足立っていたあの時期に、世界大戦が起きなかったのは今世紀最大の奇蹟《きせき》だと。

人類は多くのものを得て、同時に多くのものを失った。

それ自体はありふれた話だと、一部の環境学者は唱えた。多くを得て多くを失う、それはただ、大きく変化したというだけのことだ。そして変化すること自体は、あらゆる生物の宿命だ。地球上にいくらでもありふれていて、幾度も繰り返されてきたことだ。ただ今回のそれは、少しばかり過剰にスピーディであるというだけで。

多くの人たちが一笑に付したこの説に、拓夢は、多少の説得力を感じている。

いろいろなものが増えて、色々なものがなくなって。

変わり果てた地球の上で、それでも人は、日々を営み続けている。

思い出を背後に押しやって、今日を暮らしている。

これまでのすべての人類がそうしてきたように。明日を向いて生きている。

3.

オフィスの外側に、十人近い、武装した男たちが集まっていた。

その中の一人、顔見知りの民間刑事を見つけ、拓夢は近づいていく。

「おつかれさん。報酬はいつもの口座によろしく」

『了解。協力感謝する、アゼクラ』

顔面の半ば近くを機械化したその刑事は、小さくノイズの混じった電子音声で応《こた》えた。

近年、警察機構の民営化が順調に進んでいる。治安維持は企業の仕事であり、法の番人は民間刑事の仕事。ひと昔前までは考えられなかったことだが、今のこの国では日常の光景だ。

「無力化まで済ませてある。見せ場を取っちまって悪いね」

『言うな。どのみち〝船室《キャビン》〟を展開された時点で、我々には踏み込むことすらできなくなっていた』

バイザーに怒りの表情を映し出し、軋《きし》るような音声で、悔しさを表現する。

『まったく、来訪者の犯罪は厄介だ』

「厄介じゃない犯罪なんて、地球宇宙問わず、そうそうないだろうさ」

拓夢は肩をすくめる。

「どのケースだって同じだ。動けるやつが動いて、対処できる範囲で対処していくしかない。逆に言や、それができてるうちは問題ない。適材適所がうまく回ってるうちは平和。そうだろ、おまわりさん」

『……皮肉か？　それとも、激励か？』

「さあね」

拓夢は肩をすくめる。

『そういう話をするなら、こちらも例の話を持ち出させてもらおうか。当社の治安維持部にはまだ埋まっていない重要な席《ポスト》があってな――』

その話を遮るようにして、拓夢は外套《がいとう》のポケットからスマートフォンを取り出して、わざとらしくその画面を覗き込むと、

「あーっと、振込を確認まいどあり、それじゃオレたちはこれで」

逃げるように背を向けた。

『──まったく』

ご丁寧に嘆息の音を発してから、民間刑事は現場のほうへと向き直った。

◇

地球人類という種は、来訪者たちにとって、最高の宇宙服であるらしい。

地球人が外の星ではまともに活動できないように、来訪者たちにとっても、地球は過酷な異郷だ。宇宙船の船室《キャビン》から出たければ、環境に合わせた装備を身に着けなければならない。

地球人は、そして不思議なことに地球人類だけが、その装備になることができる。

着用の手順は簡単だ。ただ触れ合っているだけでも、最低限の効果は得られる。もう少し複雑なことをすれば、離れ離れになっても、長時間、繋《つな》がったままでいられる。

それだけで、互いの在り方が少しだけ混ざり合う。来訪者は少しだけ、地球人の体質に近づく。地球人は少しだけ、来訪者の体質に近づく。純粋な来訪者にとっては危険な地球の環境も、地球人混じりの者であれば耐えることができる……という寸法だ。

だから彼らは、地球人に近づく。

だから彼らは、地球人と共にあろうとする。

「……まあ、犯罪来訪者も増えるわけだよな」

車の中、赤信号を睨《にら》みながら、拓夢はぼやく。

寒いなと思ったら、窓の外には、ゆっくりと雪が降り始めていた。窓を閉める。

「ん？　何の話だ？」

どこか眠そうに目をこすりながら、助手席の少女が尋ねてくる。

この少女は――〝メリノエ〟を名乗るこの存在は、地球人に似せた姿をとってこそいるが、立派な来訪者だ。拓夢のパートナーであり、ゆえに互いの体質が少しずつ混ざり合っている。

先の理屈で言えば、こいつは拓夢を着ているということになる。

「適当な地球人を捕まえりゃこの星で自由に動き回れる。そりゃあ、さっきみたいな連中も減らねえよなって話だ。道徳だの法律だのはしょせん赤信号だ。そりゃブレーキを踏むやつもいるだろうが、構わずアクセルを踏むやつは必ずいる」

「ふむ」

少女は一瞬、思案顔になる。

どこからか手帳を取り出し、数ページをめくり、

「戦闘中、あの会社のデータベースを、少々覗いてみたのだがな」

「あん？」

「メールサーバに色々と残っておった。先ほどの、クーハバインと融合していたあの女性

社員はな。毎日のように、上司のセクハラを受けていたらしい。それも、折り合いの悪い同僚たちから、半ば生贄《いけにえ》のように差し出される形でな」

「……そりゃ胸糞《むなくそ》悪い話だが、だから何だ?」

「あの場所で暴れることを望んだのは誰か、という問いだ。粗野なやり方でこそあるが、クーハバインは、友の望みを叶《かな》えようとしていたのだとも考えられないか」

少し考えて。

重い息を吐く。

「ただの宇宙服として扱ってたわけじゃない、と言いたいわけか?」

「そうだな。お主との付き合いもずいぶん長いが、どうにもそのあたり、誤解が解けていないように思える」

少女はひらりと手を振る。手帳はどこかに消えている。

「吾等《われら》はな、表現方法に違いこそあれど、皆等しく、お主ら地球人を愛している」

「……人類史上、トップクラスに嬉《うれ》しくない愛の告白だな、オイ」

「冗談を言っているわけではないのだがな?」

「そりゃあそうだろうさ、お前にその手のユーモアがあるとも思ってねえし、疑ってるわけでもねえし。だがよ、よく知らねえやつに一方的に押しかけられて『愛してます』ってのは、こっちの道徳基準《モラル》じゃ迷惑行為にカウントされてる」

「迷惑、か」

「日本《こ こ》でストーキング規制の法案が通ったのが2000年、お前らが押し寄せてきたのが2002年。あん時に司法がきちんと回ってりゃ、罰金と懲役だけで国が数年は回ってただろうな」

ははは、と拓夢は自分のつまらない冗談を笑い飛ばす。

信号の色が変わる。滑るように、車が走り出す。

左方に立ち並んでいたビルが途切れ、視界が開ける。

西日に照らし出され、海が紫色に輝いている。

「愛があろうが何だろうが、傷つけられる側にしてみりゃ関係ねえんだよ」

その海を——

かつて新宿と呼ばれていた場所を一瞥《いちべつ》して、拓夢は、そう言葉を絞り出した。

◇

車を走らせる。

きらびやかな街の光が、遠のいていく。

盛り場を離れれば、喧騒《けんそう》は収まる。古びたビルの立ち並ぶ、いかにも家賃の安そうな(そして実際に安い)一角へと入り込んでいく。

畔倉《あぜくら》拓夢の構える調停事務所は、その片隅にある。

事務所に戻る前に、なじみの定食屋の戸を開く。

どっと盛り上がった笑い声に出迎えられる。ちょうど賑《にぎ》わう時間に当たってしまったらしい。近所に住む大勢の仕事上がりたちが、それぞれに安酒のジョッキを手に出来上がっている。

ざっと見回して、三分の一ほどが、機械化した体のパーツを表に晒《さら》している。少し前までは異様な目で見られることもあったが、人は慣れる生き物であり、今ではむしろ一種のカッコよさ、自己表現のように見る向きもある。傷病を抱えた部位を置き換えた者、仕事に使う機能を自ら埋め込んだ者、お洒落《しゃれ》のブームに乗っかりノリで自己改造してみた者。経緯はいろいろだが、とにかく今や、彼らのような者は珍しくない。

「おう畔倉の！　お前らもこっち来いや！　面白ぇ話があんだよ！」

メタリックシルバーの右腕を振り上げて、酔っぱらいの一人が声を張り上げる。

「うるせえ、どうせいつもの惚気《のろけ》だろうが！　晩飯くらい静かに食わせろ！」

誘《さそ》いの声を追い払い、手近なテーブルにつく。

「畔倉さん、メリちゃん、おつかれさまです！」

明るい声の看板娘が、メニューを片手にやってくる。

「聞きましたよ、結局、派手なバトルになっちゃったらしいじゃないですか。怪《け》我《が》とかしませんでした？」

「耳が早ぇな……まあ、ちぃとは打たれたが」

肩を回して、打たれた場所の調子を確かめる。わずかに痛みは残っているが、痛みくらいしか残っていない。骨にも神経にも異常はない。

「この程度なら、寝てりゃ治るだろ」

「タフガイぶりますねぇ。ちゃんと検査は行ってくださいよ、さぼってるとまたセンセイに怒られますからね？」

「あー、気が向いたらな」

肩をすくめて適当な返事をしつつ、メニューを開く。

「もう、いつもそれなんだから。がんばりすぎは体に悪……あ、」

拓夢の顔が、わずかにしかめられる。失言に気づいて、看板娘は口をつぐむ。

畔倉拓夢に対して「がんばる」という言葉は禁句である。それは彼の、少々辛い過去に繋がっている。その認識は、彼を知る者たちの間で共有されている。

「……あー、それなら、ええと」

看板娘は目を逸《そ》らして、意を決したように勢い込んで、

「せめて気晴らしとかどうですか！　ええとですね、戸塚のほうに大型のドリームシアターができたんですけど、なんとここにチケットが二枚――」

「悪《わり》ぃ」

最後まで、言わせない。

「そういう気分じゃねぇんだ。また今度な」

「――はぁい」

わかりやすく、看板娘が肩を落とす。

何にも気づいていないふりをしつつ、拓夢は注文を伝える。

「まぁわかってましたけどぉ。くっそぉ、相変わらず難攻不落だなぁ……」

小声の愚痴が聞こえる。これにも、聞こえないふりをする。


しっかり火を通した焼き魚に、大量の大根おろしをのせる。数滴だけ醬油《しょうゆ》を垂らす。身をほぐして、茶碗《ちゃわん》の白飯にのせて、かっくらう。

うまい。

来訪者たちによって世の中は大きく変わった。食生活はその最たるもののひとつだ。技術で五感を増強することが可能になり、それに合わせて刺激的だったり効率的だったりする食品が次々現れ、人々の大半はそれらを好んで消費するようになった。味も匂いも歯ごたえも舌ざわりも喉越しも、再現可能なものは量産が可能。量産が可能なものはみんなが安価で楽しめる。それが現代における食品産業というものだ。

だが、全員がそうしたというわけではない。従来通りの五感を保ち、従来通りの食生活を望む者も一定数はいる。そして幸い、来訪者たちの技術は、エネルギー問題の解決やら自然環境問題の緩和やらを通して、人類全体の生産力に余裕をもたらした。従来ならばすぐに切り捨てられていたような「一定数のニーズ」は、ただそれだけで、生産や流通の維持の理由になりえた。

とまあ、長く説明したが、つまりはこういうことだ。

変わり果てた今のこのご時世でも、美味《おい》しい焼き魚定食（白米味噌汁《みそしる》は各々一杯までおかわり可）は食べられる。

「つまらん男よのう」

ぽつり、少女の呟《つぶや》く声を聞く。

「何の話だよ」

「いまのやり取りだ、もちろん」

少女――メリノエは、皿のうえのオムライスにフォークを入れながらぼやく。

「気づいておらんわけでもなかろうに。あの娘、お主に対して、あからさまに雌《めす》としての好意を抱いている。その想いに応えるにせよ拒むにせよ、もう少しこう、ラブコメ的展開を見せてくれてもよかろう？」

「そりゃ、ご期待に添えず申し訳ありませんでしたっと」

「女性《にょしょう》が苦手というわけでもないだろう？　少し前までは、それなりに遊んでもいただろうに。まさか、早くも枯れたか？」

「ンなわけあるか」

小鉢のほうれん草をまとめて口に放り込む。

飲み込んで、

「本気になれねえんだよ。なら、向こうが本気になりそうな付き合いはNG。そういう線引きはしてんだ、妙な勘ぐりすんな。あとそのツラで枯れたとか言うんじゃねえ、生々しいだろ」

「それはそれで、女との距離をとりすぎて、若い娘に夢を託しすぎた手合いの云い分よな」

「るせえ」

女性に対して本気になれない。

それは、決して嘘《うそ》ではない。しかし、説明としては少しだけ足りていない。

畔倉拓夢はきっと、そういう意味での本気を、遠い過去に置いてきてしまっている。


当時の拓夢は、高校生だった。

そして、青春の真っただ中にいた。ひとつ上の先輩に、いわゆるところのまあ、恋心というやつを抱いていた。

燃え上がるそいつを原動力に、行動を起こそうとしていた。いわゆるところの告白というやつをやろうとした。金曜日にお話をさせてくれと、会う約束を取り付けるところまでいった。

その金曜日が、来なかった。

砦北大付属高は、東京都の新宿区にあった。問題の先輩の家は、数駅離れた渋谷区《しぶやく》。そしてその両方が、あの日、同時に失われた。

あの時のショックからまだ立ち直れていないんだ――というわけではない。来訪者たちを迎え入れた新しい姿の地球に適応し、新しい人生を生きる。人類のほとんどがそうしているように、拓夢もそうしている。

調停者としてのこの生き方を、そこそこ気に入ってもいる。

しかし、それはそれ、だ。

現在は現在で、過去は過去だ。取り戻せていないものは多い。置き去りになったものは置き去りのままで、いまだ拓夢の中では空虚な虚のままだ。

「理論武装としては立派だが」

メリノエは指先についた米つぶを舌で舐《な》めとりながら、

「誘いを拒む言い訳としては、ちと臆病に過ぎる気もするがな」

「ぐ」

心を読むな。そして、痛いところを正確に射貫《ぬ》くな。

「昔の女に操を立てているというのは、まぁ、佳《よ》い。しかしだからといって、シアターのひとつ程度で罪には成らんだろうに。シナイの石板にもあるだろう？　ハーレムを目指すつもりがなくとも、共通ルートにいる間は八方美人くらいがちょうど良い、と」

「適当ぬかすな、出エジプト記に謝れ」

メリノエはよく、意味のわからないことを言う。そして、そういう時にはいちいち追及しないに限ると、拓夢はよく知っている。

「それとも、あれか？　やはり最後には、吾を選ぶ気か？」

にんまりと笑い、

「んん？」

「まあ、そういうことならば仕方がないな。すぐ隣にこれほど献身的なキュートガールがいるのでは、他の女に目が行かんのはむしろ必然。ふふ、吾ながら罪な女よ」

身をくねらせて言う。

「あほか」

実際のところ、まあ、完全に的外れというわけではない。

事実としてこいつは献身的で、キュートで、ついでに親しみやすく、一緒にいる時間が心地よく、図太かったり無神経だったりするところは許容範囲の内で、つまりはまあ、パートナーとしては申し分ない。むろんそこには性的な意味を含まないし、そのあたりについて妙な誤解をされても困るので、当人には絶対に言えないが。

そのうえで、

「いや、それはない」

きっぱりと答える。

「ロリータに興味はねえんだよ。胸と尻を倍は盛ってから出直してこい」

「ほう？　云うたな」

一瞬、目が鋭く光った、ように見えた。

「胸と尻。倍まで盛れば吾に溺れるのだな？　言質をとったぞ」

「いや。待て。まさかお前、マジで」

「そこそこの手間ではあるがな、肉体《アバター》の変形くらいは、まあ、どうとでもなる。今のこの姿に愛着もあるが、お主の愛を得られるなら、安い代償よ」

改めて。メリノエを見る。

なんというか、まあ。整った容姿をしている。それも、現実離れしたレベルで。

大人というには幼すぎ、子供と呼ぶには成熟している。ほっそりとした白い手足には、しかし見るものに不安を抱かせない程度には肉がついている。そして、わけのわからない光沢を湛えた銀髪に、妖しく輝く金瞳に、そのほかもろもろ。

美少女イラストのようなものだ、と当のメリノエは以前に言っていた。常人《つねびと》のように、肉体があってから姿があるのではない。まずこの姿を設定してから、中身の肉体を整えたのだと。そこそこに神々しく、とびきりに可愛《かわい》らしい、そんなベクトルを狙ってあるのだとか。――まあ、その言葉の意味はよくわからなかったが。

さて、そこまで再確認したところで、改めて想像する。

こいつのこの体が、もし当人の言うように変化可能なものだとして。胸回りと尻回りだ、け、を倍に増やしたら、どんな姿になるだろうか――

「待て待て待て、止めろ止めとけ止めてください。撤回する」

慌てて手を振った。

「お前はそのままでいい。そのままでいてください。キュートキュート。頼むマジで」

「薄い胸に興味はないのではなかったか？」

「いやほらなんだ、別にオレとお前はそういうんじゃねぇだろ、なんせ相棒だ相棒、安い惚れた腫《は》れたなんぞよりよほど濃い関係だろ、な、な？」

「ふぅむ。お主がそこまで云うならば、それでも佳いが」

メリノエは意地悪く目を細めつつ、オムライスを口元に運ぶ。

「ところで、今日はデザートも頼んでも佳いか？」

「……おう」

不承不承の表情を作って、拓夢は頷いた。メニューを見て、おそらくメリノエの目当てであろう一品を見つける、超ジャンボあんみつ極楽仕立て～コロッサスな季節に餡を込めて～。冗談のような大盛りに、冗談のような値段と、おそらくは冗談のようなカロリー量。写真を見ているだけで胸やけがしてくる。

と、拓夢の懐《ふところ》が小さく震える。

「ん？」

型落ちのスマートフォンを取り出す。届いたメッセージに目を通す。「んげ」と、小さく声が漏れてしまう。

「悪い、あんみつはまた今度だ」

「なんだと」

「用事が入った。廿六木《とどろき》のおやっさんが呼んでる」

嘆息。

「急ぎで来いとさ。どうやらまた、面倒な仕事を押し付ける気らしい」

4.

Ａ４サイズのプリント数枚に、一人の青年の、詳細なデータが綴《つづ》られている。

生年月日、血液型、出身地、所有資格、精通する言語、肉体の各種計測データ、調停者となった動機など。

貼り付けられた写真には、しかめ面をした、精悍《せいかん》な青年の姿が写っている。

「畔倉拓夢、か」

初老の男が、その青年の名を読み上げる。

「中崎市の調停者で、特記来訪存在『メリノエ』と長期の〝友人〟関係を結んでいます。今回の件の担当として、当事務所は彼を強く推薦します」

「ここにきて、さらに外部の人間を選ぶというのは意外だったが」

恰幅《かっぷく》の良い老人が、パイプ椅子の上で姿勢を正しつつ、尋ねてくる。

「それだけの価値のある、優れた人材ということかね」

「イエスでもあり、ノーでもあります。ただ能力の高さという意味で言えば、彼だけがずば抜けているというわけではない。上を探せば、それなりの数が見つかるでしょう。しかし、総合的な任務遂行能力では——」

　初老の男が首を横に振る。

「彼を差し置いて挙げられるような名前は、ありません」

「ここに柊《ひいらぎ》 豪十郎《ごうじゅうろう》がいたならいざ知らず、か？」

　別の老人が、からかうように言う。

「柊など、ただ恐いもの知らずで、多少運もよかったというだけですよ。その点で言えば畔倉も似たようなものですが、当時の彼よりも少しだけマシだ」

「君にそう言わせるのならば、大したものだが」

　また別の老人が、うなるように頷いて。

「それで——その畔倉君の相方、この『メリノエ』という個体は、信頼できるのか」

　また別のＡ４プリントがめくられる。

　そこには、一人の少女の——その姿をした来訪者についてのデータが羅列されている。

　登録個体名称はΜελινοη《メリノエ》、記載された来訪者ＩＤは８６。これは『来訪者の日《2002年6月5日》』より遙か前から地球に住み着いていた古参組の一人、俗にいう早期来訪者であることを示す。正確な地球滞在歴は不明だが、IDの数字の若さからして、最低でも四千年以上ということになる。

「ずいぶんと古い個体のようじゃないか。本当にコントロール可能なのかね」

保有する異郷能力は限定的な装備生成と、実質的な完全不死。地球滞在目的は人類観測。ボーマン式性格分類では長寿系享楽型《きょうらくがた》にカテゴライズされ、危険性評価はD+。

ポートレート欄には、悪戯《いたずら》っぽく微笑《ほほえ》む、銀の髪の少女の写真が貼られている。おそらくは隠し撮りのはずのアングルなのに、きっちりとカメラ目線。

「――来訪者どもの造り出す異空間、〝船室《キャビン》〟は、現代の地球人では干渉できない聖域だ。同じ来訪者との混ざりもの、〝友人《パートナー》〟関係を結んでいる者でなければ手が出せない。必然的に、調停の業務はツーマンセル以上で行われる。それはいい。しかしそこには、その来訪者が信頼できる相手であるという前提がある」

「仰《おっしゃ》る通りかと」

「享楽型に分類されるような来訪者で、本当に大丈夫なのかね。やつらは、より愉《たの》しいと思えるものを見つけたら、簡単に裏切ってくるだろう」

「それも……まあ、概《おおむ》ね仰る通りではありますが」

初老の男は肩をすくめる。

「その辺りは、ボーマン式分類に頼った分析の限界ですな。人の性格は、同じ地球人類ですら多様を極めているものです。まして古い来訪者のそれを、有限個数のバリエーションに押し込めようとすれば、どうしても無理が出る」

「何が言いたい？」

「メリノエに関しては、その手の心配は無用かと。一口に享楽型と言っても、中身は〝友人《パートナー》〟についたファンのようなものでしてね。コミックのヒーローを応援している感覚です。畔倉が四苦八苦しながら成長したり道を切り拓いたりする姿を見ているのが愉しい、というのが当人の弁です」

いくつかの嘆息とともに、場に、呆《あき》れたような空気が満ちる。

「裏切ることはないにせよ、自分が背中を預けるのは勘弁してほしいタイプだな」

「その調停者に同情するよ」

「来訪者の感性というものは、どうにも度《ど》し難《がた》い」

呟きが交わされ、何人かが苦々し気に頷く。


会議室の扉がノックされる。


返事を待たずにノブが回り、扉が押し開かれる。

気の抜けた顔の男が一人、入ってくる。

「来たぜおっさん、今日は何の用事――だ――」

◇

「来たぜおっさん、今日は何の用――」

開いた扉の向こう側。

部屋の中には、六人の先客がいた。席に座る四人の老人と、扉のすぐ近くに立つ初老の男。そして、白い仮面と白いローブを身にまとった、見るからに怪しい女。

拓夢はその四人の老人と面識はなかった。しかし、一方的に顔だけは知っていた。いずれも高名な、来訪者科学の研究者だ。宇宙《そら》から来たりし超技術の数々を、どうにか地球人にも認識できるものまで引きずりおろそうと、日夜四苦八苦している地球科学の最先端たち。

「――事、だ――」

首をねじる。

初老の男の姿を見る。これひとつのみは、互いに知った顔だ。廿六木《とどろき》三郎《さぶろう》。腕利きの調停者、拓夢にとっては師に近い存在だったが、少し前に引退した。今は近在の調停者たちのまとめ役のようなことをしている。

もう一度、首をねじる。

部屋に居並ぶ学者たちの姿を見る。顔を歪《ゆが》めて、

「部屋ァ間違えたか？　こんなところで学会開催中とは知らなんだけどよ」

「合っている。ちょうど君たちの話をしていたところだ」

廿六木は涼しい顔で手を振り、拓夢たちに入室を促す。

「適当に腰かけたまえ。状況はすぐに説明する」

「はぁ」

ちらりと学者たちのほうを見てから、壁に立てかけてあったパイプ椅子をふたつ組み立てると、片方に腰を下ろす。もう片方には、後ろから部屋に入ってきたメリノエが、「ほっ」と飛び乗るようにして座る。行儀が悪い。

「——さて。ちょうど良い区切りとなりましたので、ここで改めて、今回の作戦について説明させていただきます」

廿六木がプロジェクターを操作し、スクリーン上に何枚かの写真を映し出す。

「まず——前提として、〝船室《キャビン》〟についての知識のすり合わせを」

（はぁ？）

拓夢は眉を寄せた。

「来訪者たちが創造する異空間。地球人の口蓋では正式名称を発音できないため、〝船室《キャビン》〟という俗称が広く使われている。話を進めるにあたって、ここでもその呼称で統一させていただきます」

なにいってんだこのおっさん、と思った。

言っている内容は間違っていない。しかし、改めて、今このメンツの前で言うようなことではないはずだ。〝船室《キャビン》〟とは何か。この場の老人たち、地球科学の最先端たちはもちろん、他の誰よりもよく知っているだろう。そして拓夢もまた、科学者たちとは違う意味で、〝船室《キャビン》〟を知っている。それは、彼の選んだ調停者という生き方と密接に関わっている。

〝船室《キャビン》〟は模造された異空間である。

そして異空間などというものは、ふつうの地球人にとってはただのSF用語、フィクションの世界の概念だ。自身の意思では、入ることも出ることもできない。

彼方からの来訪者たちが、空の上から持ち込んだ概念だ。現代の地球人には理解も模倣もできない、空間そのものを模造する技術。今回のケースで言えば、クーハバインはそれを用いて、オフィス全体を複製し、その中に閉じこもった。純粋な地球人では手の出しようのない、完璧な檻《おり》であり砦《とりで》。

純粋な地球人でなければ、よいのだ。

来訪者たちは、地球に滞在するために、地球人の協力者を得る。このとき、来訪者たちの体質は地球人に近づき、地球人協力者の体質は来訪者に近づく。どちらも、生得のままの純粋な存在ではなくなる。

強引に、他人の創造した〝船室《キャビン》〟に押しかけることができるのだ。

無敵の砦に引きこもった来訪者たちへの制圧行動。それが可能な限られた人間。それが、拓夢たちの生業――「調停者」が成立している理由だ。

（釈迦《しゃか》に説法つーか、なんつーか）

眉を寄せたままで、廿六木の話を聞き流す。基礎的な話は続き、そこには何ら新しい情報がない。廿六木の意図がわからないまま、時間が流れていく。

「――以上の話を踏まえまして、こちらの一件について」

プロジェクターの画面が切り替わった。

自分の表情筋がこわばったことを、拓夢は自覚する。

映っているのは、海だ。

角度こそ違うが、つい先ほど車から見た、あの海だ。

画像の隅には、正確な座標まで書かれている。北緯35度41分27秒、東経139度42分1秒。かつては新宿駅と呼ばれる建築物があり、日々多くの人間が行き交っていた場所。

「ファイル名CFOTD－00513。一般には、東京消失事件、などとも呼ばれています」

淡々とした声で、廿六木が解説をする。

聞き流しながら、拓夢は回想する。誰に語られるまでもなく、あの日のことはよく覚えている。

いわゆる『来訪者の日《2002年6月5日》』。突如押しかけてきた宇宙からの来客たちによって世界中が大混乱に叩き込まれた、あの日。その、早朝。

明治神宮近辺を中心に、半径4キロメートルほど。南は中目黒、北は大久保、西は笹塚《ささづか》、東は信濃町《しなのまち》――大雑把にそのくらいの範囲を含む50平方キロメートルほどの土地が、文字通りの意味で、消えてなくなった。

地盤すらも、スプーンで浅くすくったかのように削り取られていた。加えて、後から発生した地殻変動によって海岸線が書き換わったりもした。

『リアルに大怪獣がトーキョーで暴れたらしい、しかし残念なことに誰もそれを見ることができなかった』

ニューヨークの大手メディアがそう報じ、不謹慎に過ぎるとしてバッシングを受けたりもしていた。

とんでもない災厄だ。ひどい混乱が起きた。

その日は、そもそも、宇宙からの来客によって世界中が大混乱の只中《ただなか》にあった。不可解な事件が、規模や内容こそ違えど、地球上のあちこちで起こっていた。だから、対応も対策も遅れに遅れた。

地理的に言えば、消えたのは東京都という広い土地の一部だけだ。しかしその後の混乱の中で、東京都は首都としての機能を完全に失った。ゆえに、一連の出来事の通称は「東京消失事件」で定着した。

混乱が収まるまでだけでも、長い時間がかかった。状況の調査や事態の回復は、さらにその後へと回されたまま、うやむやになった。「誰が」「どうやって」「何のために」このような事件を起こしたのかという謎に至っては結局——少なくとも現時点ではまだ——解明されていない。

拓夢の奥歯が軋《きし》む。

この事件は、拓夢が来訪者たちに関わる生き方を選んだ理由そのものだ。

何かが知りたかった。何かを突き止めたかった。その動機を抱いて走り出し、そしていまだ、何も摑《つか》めていない。達成できていない悲願というものは、思い返すだけで、どうしようもなく心を乱す。

「ですが」

廿六木の声が、少し、力を帯びた。

拓夢の片眉が、ぴくりと上がる。

「情報提供を得ました。あれは、あれでも、規格外の規模であるだけの、〝船室《キャビン》〟の一種であるのだと」

「……は？」

間の抜けた声が、拓夢の喉から漏れた。

部屋中の視線が、一瞬だけ拓夢に注がれた。が、すぐにそれは、話者である廿六木へと戻り、そしてそのまま、そのすぐそばに立つ、白い怪しい女へと流れていった。

拓夢もまた、その女を見る。

背が高い。百九十半ばといったところか。そして、そのくらいのことしかわからない。体のラインを隠すゆったりとしたローブ、額までを覆うフード、顔の全面を覆う仮面。その風貌は完全にといっていいほど隠されていて、それこそ女性ではあるだろうという推測くらいしかできない。

『私はカー＝ゾエル＝カー、見ての通り、外《と》つ星《ぼし》よりこちらの地を訪《おとな》わせて頂いています。かの〝記録者〟より頂いた来訪者IDは1830番』

来訪者IDは、文字通り、すべての来訪者に与えられている番号だ。

その最大の特徴は、地球上の行政とまったく関係ないところで発行および管理がされているということ。発行者たる〝記録者〟タブラアカシアの偏執的な監視のもと、人類発祥後に地球へと訪れたあらゆる来訪者は例外なく数字を割り振られている。

このシステムは、本来全知に近い〝記録者〟の（理由は当人にしかわからないが）全能をかけて構築されており、どのような技術をもってしても、その目を逃れることはもちろん、どのように割り振られているかを理解すること自体、何者にも不可能だとされる。

経緯はともかく、信頼できる数字だということは確かだ。この番号が若ければ若いほど、早い時期にこの星に来ている。逆もまた真。

この女のIDが1830であるということからは、『来訪者の日』よりも少し後に訪れていたということがわかる。

『――まずは、みなさんにこのお話を伝えることが、このタイミングにまで遅れてしまいましたことを、お詫《わ》びします』

言って、ゆっくりと頭を下げた。

変声機のようなものを使っているのだろうか、妙に機械的で抑揚のない声だった。

『あの消失現象は、この惑星の言語で言えば、時空断層の一種によるものです。こちら側と向こう側は、別の宇宙であるのに等しい。通常の手段では相互の干渉は不可能。皆様が〝船室《キャビン》〟という言葉で纏《まと》めている現象の中でも、複雑な部類に入ります。制御には、我々の基準から見ても、非常識なほど高度な技術が使われています』

拓夢は、半ば呆けたようになったまま、その言葉を聞いている。

『構築者は、こちらの発音に直して、バー＝ビョエル＝バー。来訪者IDは372、母星では生死問わずで指名手配されている重犯罪者です』

犯罪者。

来訪者の中には、それなりの比率で、そういう連中がいる。地球《ここ》は僻地《へきち》であり、宇宙のほとんどの場所から見て、簡単には追っ手を差し向けられない遠方だ。故郷を追われた者たちが命からがら辿《たど》り着き、第二の人生を歩みだす、そういうケースは少なくない。

自分たち調停者が日ごろ相手をしている者たちの多くが、大体その手合いだ。

（IDが372ってこたぁ、何百年か前から地球《ここ》にいた手合いか）

厄介だ、と思う。

バトル漫画ではないのだから、数字の大小がそのまま脅威の大きさを示すようなことはない。しかし少なくとも、長くこの地で潜伏できるだけの能力と経験を持っているという証《あかし》にはなる。

『悪夢めいた科学者チームのリーダーで、自身も不世出の天才科学者です。彼がその才を余すところなく注いで閉鎖した世界は、尋常でない硬度を誇ります。それでも、そう、理論上、突破は可能でした』

女は言う。

『こちらの時間で、おおよそ五万秒前後――十四時間弱ごとに、問題の〝船室《キャビン》〟の内側に、かすかなゆらぎが観測されています。前後数千秒ほどのばらつきはありますが、そう大きく外れることはない。そのタイミングを捕まえれば、極小の穴をあけて、こちらとあちらを繋げることが可能です』

その場の一同が、小さくどよめく。

『ここの概念に落とし込んで言えば、「ワームホール」が一番近い表現になりますか。その準備が整いましたので、此度《このたび》、この会合を以て、この提案をさせていただく運びとなりました』

（こちらと、あちらを……繋ぐ……？）

「それは、あれかね。ゲームなどで言う、異世界へのゲートのようなものを開く、という理解でよかったのかね」

科学者の一人が、軽く手を挙げて尋ねた。

その年でその手のゲームやるのかよじいさん、と、混乱する頭の片隅で拓夢は思った。

そのまま口から出そうになったのは、どうにか堪《こら》えた。

『少しだけ、違います。門《ゲート》ではなく、あくまでも穽《ホール》。小さくて不安定な、一方通行の落とし穴でしかありません』

女は首を振る、
なるほどピットトラップか、と先の科学者が小さく頷く。

『これ以上のものを改めて用意するには、さらに何年もの、いえ何十年かの時間が必要になります。地球の方々の尺度では、それは現実的ではないお話かと』

そこで女は、なぜか拓夢のほうに仮面の正面を向けて、

『およそ119キログラム。それが、その穽《ホール》を抜けて向こう側に落とすことのできる質量の限界です。加えて、通常の〝船室《キャビン》〟と同様の制約もかかる。生身の地球人では、環境の変化に対応できません』

……拓夢は、ゆっくりと時間をかけて、考える。

春に行った健康診断で知った、自分の現体重を思い出す。隣に澄ました顔で座るメリノエのほうを見て――目が合う――その体重を推測する。ふたつの数字を脳内で足し合わせる。119キログラムには収まる。調停者としてのもろもろの装備などを考えると、ほと

んど余裕はないが。

これは、もしかして、つまり。

「現場の状況は、ほぼ未知数です」

廿六木が、説明を継ぐ。

「〝船室《キャビン》〟である以上、同一座標の空間の模倣ではあるはずです。物理法則などからして異なる、完全な別宇宙ということはない。超高熱や超重力に晒されているというような──つまりは恒星の中心に繋がっているというようなこともない。重力などはもちろん、大気構成などについても同様です」

そこまで言って、小さく首を振る。

「とはいえ、それ以上のことは何もわかっていないに等しい。だから我々は、送り込むことのできる119キログラムを、慎重に選ばなければならない──」

廿六木は歩き出し、拓夢の目前に立ち止まり、その肩に手を置いて、

「──改めて。今回のスクナビコナ作戦の遂行者として、私はこの者たちを推薦します」

そんなことを宣言した。

(やっぱりそういう流れかよ──ッ!?)

顔に出さず、拓夢は内心だけで絶叫した。

完全な別宇宙というわけではない。なるほど。

恒星の内側に放り出されることもない。なるほど。

重力や大気構成などについても地球と大きく違わない。なるほど。

いやいや待ってほしい。それでは、最低限の安全のアピールにもなっていない。そもそもにしてからが、女の説明によれば、穴とやらは一方通行。帰って来ようとしたら、特別に堅牢《けんろう》な〝船室《キャビン》〟を内側から食い破らなければならない。

二十一世紀に入ってそこそこ経ったはずの今のご時世に、まさかの、自爆同然の特攻作戦。とんでもない話だ、笑い飛ばして今すぐ部屋を出るべきだと、理性では理解した。

が――


「任務内容は、調査と解決。船室《キャビン》内部の状況を調べ、どうにか外へ情報を持ち帰る。打ち崩せそうならば、船室《キャビン》自体を破壊し、あの地を正常化する」

「オレが、行って、いいんスか」

真実に、近づける。

あの場所に何が起きたのかを、一番近いところで、知りに行ける。

それしか考えられなかった。だから、拓夢の口からは、そんな言葉が滑り出た。

「本当に。あそこに行って、いいんスか」

「ここに柊がいれば、多少は迷ったかもしれんがね。現時点の我々にとっては、これが間違いなく最善の人選だろう」

などと言いつつ、課長の口元が、かすかに笑ったように思う。

「柊っていうのは、確か……」

「もういない男だ、忘れろ」

廿六木は肩をすくめる。

「まぁ、適任だな。吾が隣に立つ以上、こやつはそう簡単にはくたばらん」

面白がるように、隣のメリノエが口を添える。

「何が待っているかもわからんような場所に送り込むなら、確かに、他の誰よりも向いているだろうよ」

廿六木は頷き、改めて部屋の中を振り返り、

「各々方も、それでよろしいか」

老人たちは、それぞれにリアクションを示す。重々しく頷く者、苦笑を漏らす者、肩をすくめてみせる者。しかしそのどれも、積極的に反対を示すものではなかった。

5.

現神奈川県《かながわけん》の、東北端。旧東京都でいうところの、中野区。

消失範囲の、すぐ外側にあたる場所だ。

かつての災害の原因が特定できていないため、安全が保障されていないとして、一般の

立ち入りが禁止されている。廃墟然《はいきょぜん》とした建物が立ち並ぶ中、野球場ほどの広場めいた空間が、複数の強力なライトに照らし出されている。

あたりには、数台のトレーラーと、それらによって運ばれてきた山のような機械類。形だけを見れば、それこそ昔のＳＦ映画にテレポート装置として出てきそうな機械群だった。いくつもの円筒、色鮮やかなスイッチ類、ボタンにレバーに計器。

〝船室《キャビン》〟の戸をこじ開けて１１９キログラムをねじ込むための、異星科学の結晶である。

しかし、なぜかそれらの表面は金属の光沢ではなく、大理石のような艶を放っていた。古い宮殿か神殿のような佇まいをみせるそれらのせいで、場の雰囲気はＳＦ映画どころか、ちょっとした神殿のようになっている。

（ガチ来訪者の科学ってのは、どうにも、メカメカしく見えねえんだよな……）

わずかな落胆とともに、拓夢としては、そんなことも思う。もちろん、ロマンと実用性が対立するのは世の常だとは理解しているし、そこに苦情をぶつける気はないが。

「ほれ。もっとしっかり抱きしめんか」

「へいへい」

魔法陣めいた装置の中央に立ち、拓夢はメリノエの体を強く抱きしめた。

別に、おかしな意味ではない。今回の突入に必要な手順だ。「１１９キログラムまでの物体ひとつを現場に送り込む」にあたり、拓夢とメリノエをひとつの塊として装置に認識させる必要があるという、そういう理屈らしい。

（やっぱ柔らけぇんだよな）

ぼんやりと、そんなことを考えたりもする。

彫刻めいた容姿のメリノエだが、もちろん本当に石でできているわけではない。石膏めいた白い肌も、触れればしっかりと柔らかく、そして温かい。

まるで見た目の通りの、ティーンの少女のように。

（……いや。考えるな、オレ）

自嘲するように、唇を少し曲げる。

こいつを恋愛対象としては見られない。そう宣言した以上、おかしなことを意識するわけにはいかない。それは何というか、不誠実だと思う。あともちろん、見た目の年齢差というやつも、無視してはいけない。社会的な死を避けるためにも。

「ん、どうした？」

メリノエの、どこか眠そうな声。

「いや、何でもない」

首を振る。

別に後ろめたいことは何もないわけだが、話題を変えようと思う。

「こいつはもう機能してるんだな？」

身に着けた都市迷彩の作戦服を一瞥して、拓夢は問う。

「むろん。行く先が深海だろうと深宇宙だろうと、いまのお主には春の高原と変わらん。

ピクニック気分で構えておけ」

「ありがたい。サンドウィッチでも持ってくるんだったかな」

メリノエには、地球側の分類では『装備生成』とカテゴライズされる能力がある。

ほぼ文字通り、装備品を取り出す力。

彼女自身の言によれば『夢の中から引き出し』ているらしい。ともかくそれらは、本来の水準を遥かに超えた——ただし少しだけズレた——性能を発揮する。地球人が自然環境下で生存するために生み出した『衣服』も、彼女が取り出せば、地球人をあらゆる環境下で生き延びさせる装備となる。さらにそれが作戦服とあれば、着用主を生存させる性能はさらに跳ね上がっている。

「いっそクロクゥスを着せてやりたいところだが、あれまで出すと、吾が保たぬでな」

「いらんいらん、あんなん普段着にするバカがいるか」

拓夢は鼻を鳴らすと、マスクと呼吸器の位置を直す。行き先が水没している可能性に備え、呼吸の確保についても十全の対策はしている。

周囲の装置が唸《うな》り声のような音を立てている。

少しずつ、その音程が上がってゆく。

『ゆらぎを確認！　突入シークエンスを開始します！』

あの白い女の声が、スピーカー越しに聞こえてくる。

「っと、出番か」

『突入に備えてください、カウントを開始します！　２０、１９、１８、１７……』

拓夢は、その場にかがみ込んで、メリノエを抱きかかえたまま、姿勢を丸くした。移動先でどのような場所に出現することになるかわからない以上、想定しうる衝撃には備えておく必要がある。

『１３、１２、１１……』

周囲の景色が、度の合わない眼鏡《めがね》をかけた時のように、かすかに歪みを帯びる。

時空が歪むときに派生して起こる、一種の偏光現象。続いて、遠い耳鳴り。それらは、時間をかけて、少しずつ、強くなっていく。


――東京。その街について想う。

かつて栄えていた街。色々な意味で、日本の中心に近かった場所。そして、だからこそ、脆《もろ》かっただろう場所。

今さら、失われたあの地を踏んだところで、何を助けられるということもないだろう。けれど少なくとも、見届けることはできる。そこで何が起こったのか、そこで何がどのように失われたのかを、量ることができる。

そうすれば、きっと――

あの日に止まっていた畔倉拓夢の人生も、改めて、前へと進ませ始めることができるかもしれない。

『0』


女の声が宣言すると同時――

穴に落ちた、と感じた。

重力の実感を奪われたことで発生する、疑似的な浮遊感。

同時に、時間の感覚が消失した。

七色の光の奔流が上下左右を埋め尽くす――と感じたのは、もちろん実際に辺りが可視光で満ちていたというわけではないだろうが。とにかくそういった現象を拓夢の脳は認識した。

全身が圧搾《あっさく》されながら無限に引き延ばされているような、異様な感覚。

痛みこそないが、それに似た不快感が全身で爆発する。

(生身じゃ耐えきれねえな、こりゃ)

頬を引きつらせ、拓夢は思う。

メリノエの協力者《パートナー》である拓夢は、彼女自身の持つ(らしい)不死性の影響で、地球人の枠を超えたしぶとさを得ている。加えて、メリノエの取り出す超高性能装備は本来なら本人にしか扱えないはずだが、拓夢は例外的にそれを借り受けることができる。

だから、この場所でも、耐えられている。

(これから地獄に行こうってんだからな、往路がキツいのはしゃーねえ)

そう強がりつつ、メリノエを抱く腕に力を入れる。

声は出せないし、出せていたとしても聞き取れない。それでもなぜか、温もりだけは伝わってくる。その熱を縁《よすが》に、自分を保つ。

どれだけの時間、そうしていただろうか――

◇

五感が、機能を取り戻した。

再びの、今度は実際の感覚を伴う浮遊感。

「ぐっ」

1メートル強の高さから、アスファルトとおぼしき硬質の地面に、肩から落下した。転がって衝撃を逃がす。痛みはあるが、この程度ならば、体にダメージは残らない。

「っつぅ……」

肌で大気を感じる。かすかな風が心地《ここち》よい。

閉じていた目を、保護ゴーグルの下で、ゆっくりと開いた。

「…………」

まわりの景色が、目に入った。

「…………は？」

移動のショックで軽く麻痺《まひ》していた耳が、回復してきた。

辺りに満ちていた音が、聞こえ始めた。

「何……だ、こりゃ……」

背の低いコンクリート塀。年季の入った木造家屋。おんぼろのアパート。そのすぐ隣に、比較的最近に建て直されたと思しき三階建てのマンション。がらがらの月極《つきぎめ》駐車場。缶ジュースの自動販売機。チェーンの薬局の看板。

登校中とおぼしき小学生が何名か、いきなり道端で転んだ謎の大人に驚き、足を止める。こちらを一瞥し、ひそひそと何かを囁《ささや》き合い、すぐに目を逸らして歩き出した。

どこかの開いた窓から、テレビの音が漏れ聞こえてくる。バラエティ番組だろうか、複数の人間がどっと笑い出す声。

それより少し遠いところからは、元気に泣きわめく、赤ん坊の声。

平和な朝——

そうとしか言いようのない、ごくありふれた住宅街の光景が、そこにあった。

02

sequence02

セピア色の戦場

『ちょうていしゃ【調停者】《名》
争いごとの仲裁に入る、また
は解決に導く者。』

0.

ここに一人の少女がいる。

朝が来て、目を覚ましたばかりだ。

ぼんやりとした寝ぼけ眼《まなこ》のまま、首をかしげて、

「…………あれ？」

辺りを見回している。


なにかがおかしい、とその少女の本能は感じた。

「ええと……？」

いや、何にもおかしくないな、その少女の理性は告げた。いつも通りの自分の部屋、いつも通りの朝。疑問に感じるようなことはひとつもない。

でも、妙《みょう》だ。前にもこんなことがあったような気がする。本能は反駁《はんばく》した。もちろん理性も黙っちゃいない。そんなのおかしくないでしょ、朝なんてそれこそ毎朝来るものだし。既視感《デジャビュ》だってよくあることで、とりたてて珍しいものじゃない。

いちいちごもっとも。

筋の通った主張に対し、本能は返す言葉がない。争いは理性の勝利に終わり、つまり、

少女はその朝の違和感を、気のせいであると片付けた。

「おねえちゃん？　大丈夫？」

部屋の入り口、年の離れた妹が心配そうにこちらを見ている。

朝の混乱が、言葉か動作にでも出てしまっていたのだろうか。「だいじょぶだいじょぶ、心配かけてごめんねぇ」笑って手を振ってみせると、ほっとしたように階下のリビングへと降りていった。

いかんなあ、と思う。

これでも学校では、しっかり者ということで通っているのだ。そういう自分を慕ってくれている後輩たちだっているのだ。ぼんやりしてはいられない。

両の手のひらで、頬をぺちぺちと何度か叩《たた》く。そして、

「……ゆめくん」

可愛《かわい》い後輩たちの中の一人。ひとつ年下の、少年のことを想《おも》う。

昨日、彼に、告白の予告（何だそれはとは思うけれどそうとしか言いようがない）をされたのだ。

男性に恋愛感情を寄せられることには、傲慢《ごうまん》な物言いではあるけれど、ちょっと辟易《へきえき》している。まともに向き合いたくないと思うし、実際にこれまでのらりくらりと、すべてのアタックを適当にかわしてきた。

けれど、ゆめくんに対して同じようにはしたくない。正直を言えば、関係を変えたくな

い。今の二人の間の距離は、何というか、居心地《いごこち》の良いものだから。

でも彼のほうが変化を望むなら、自分も覚悟を決めなければならない。タイムリミットは、金曜日。時間はそれほど残されていない。しっかりしろ自分。

「んっ」

最後にもう一度、大きく頬を張って。

そして、寂院夜空《じゃくいんよぞら》という名のその少女は、ベッドから立ち上がった。

1.

覚悟は決めていた。

どのような荒野を目にすることになろうと、動揺しない。それだけの心の準備をしてから、この作戦に臨んだ。

だからこそ、心は揺れた。

そこにあるものは、荒野でも廃墟《はいきょ》でもなかった。それらのどちらとも似つかない、ごくありふれた、住宅街だった。

「嘘《うそ》……だろ……？」

突破に失敗したのかと、まずは疑った。機械の不備かなにかがあったのではと。滅びた東京に踏み込むことができず、突入場所の周辺、神奈川《かながわ》か埼玉のそこらへんに落ちてしまったのではないかと。

だが、違う。

頭の片隅、埃《ほこり》をかぶっていた記憶が、少しずつ蘇《よみがえ》ってくる。目の前の景色と照合し、結論する。自分はこの場所を知っている。自分はかつて、この場所にいたことがある。そして、自分は――

「――――っ!!」

確認しなければ。その想いが弾《はじ》けた。

それ以外の悉《ことごと》くが、頭から消し飛んだ。

腕の中にあるものをその場に投げ捨て、マスクもむしり取り、立ち上がる。

「ぶぎゃ」

小さな悲鳴が聞こえた。振り返りもせずに「悪い!」とだけ言葉を残し、走り出す。


東京。

その街について想う。

滅びているだろうと、思っていた。覚悟をしていた。

廃墟となったそれを見届けるつもりで、ここに来たのだ。なのに。

(どういうことだよ、こりゃあ!)

失われていたはずの景色の中を、拓夢は走る。

◇

走りながら、いくつか確認する。

そして、通信機から作戦本部を呼び出そうとしても——通じない。妨害電波のような邪魔も検出できていない。廿六木《とどろき》たちから見れば、今の自分たちは、どうしようもないほど完璧な通話圏外にいるということだろう。

(言い換えりゃ、オレたちは間違いなく、〝船室《キャビン》〟にいるってことだ)

そこまでは、元々の想定通り。慌てるようなことではない。

そう、そこまでは。

電信柱や交差点で、現在地を確認する。東京都渋谷区《しぶやく》。これは間違いなく、消失していた領域の内側にあった地名だ。時間を確認する。朝の6時半。

(……どういうことなんだよ、こりゃあ)

道行く人々の表情を確認する。誰も彼もが普通だ。疾走する拓夢を見て驚く者がいる程度。閉鎖された世界に生きる焦燥だとか、明日をも知れない我が身に対する絶望だとか、そういう強い負の感情は誰からも読み取れない。

人が増える。

壊れかけたパチンコ屋の看板。奇妙なオリジナルメニューを出している無国籍料理店。

庭から強烈な花の匂いを漂わせている平屋のアパート。近所のご婦人たちのおしゃべり場と化している小さな写真館。

（まさか……）

足が自然に動く。遠くなっていた記憶がそれを導く。

忘れていたことが、次々に思い出される。

状況を理解できていない。確認しなければいけないことは数多い。パートナーを放り出してきてしまった。数々の問題を抱えたまま、それでも拓夢は走り続け、

（うちの高校《ガッコ》は、砦北大付属は、この先を――）

角を曲がる。

いろいろと、吹き飛んだ。

そこにももちろん、懐かしい街の景色が広がっているはずだった。モータースポーツ系に強い書店、のびた麺しか出さないラーメン屋、こぢんまりとした薬局とその店頭に立つプラスチック人形。

郷愁を誘うはずのそのすべてが、まったく拓夢の目には入らなかった。

かつて少年だった青年の目には、たったひとつだけしか入っていなかった。

一人の少女が、交差点で信号待ちをしている。

すっとした長身。背まで伸ばした黒髪。ぼんやりとしているようでいて、どこか凜々《りり》しさを感じさせる横顔。紺色のブレザー……砦北大学付属高校の制服に身を包んでいる。

まだ7時にもなっていない。一般の通学にはずいぶんと早い時間だ。少女のほかに生徒の姿はない。いたとしても、拓夢の目には映らない。

「あ……ぁ……」

拓夢の呼吸が荒くなる。そして、

「夜空先輩⁉」

ひとつの名前が、喉の奥から迸《ほとばし》った。

同時に地を蹴る。

調停者免許更新時に測定したデータでは、彼の100メートル自己ベストは11秒強である。それに限りなく近い速度で、拓夢は距離を詰めた。そして衝突の寸前に急ブレーキ。容赦のない土煙を巻き上げながら、少女の前に立つ。

当の少女にしてみれば、もちろん、何が起きているのかもわからなかっただろう。突然名前を呼ばれ、大の男が大迫力の猛スピードで近づいてきたのだ。そして、

「先輩……あ、ああ……本当に……」

今にも泣き出しそうな顔で、おろおろし始めたのだ。

「まさか、本当に、無事で……ああもう……」

その腕は、所在なげに宙をさまよっている。全力で抱き着きたい気持ちを、かろうじて

自制しているとでもいうように。

少女の表情から混乱が薄れ、わずかなりと、状況を察した顔になる。

その目に、困惑と警戒と侮蔑の入り混じった光が宿る。端的に言ってしまえば、変質者を見る目である。

「えっと」

少女は一度つばを飲み込んでから、おずおずと、

「どちらさまで?」

尋ねる。

めちゃくちゃに怪しまれている。そのことに拓夢は気づいているが、だからといって、昂《たかぶ》る自分自身を止めることはできない。

「オレだよ、畔倉拓夢《あぜくらたくむ》!」

叫ぶように、答えていた。

「は?」

「だから拓夢だって、砦大《さいだい》付属高校1年B組、出席番号は――」

突然、見えている景色が、右にズレた。

ついでに、ぐらりと傾いた。

こめかみに強い衝撃が入ったのだと、訓練された体が即座に判断。倒れ込みそうになったのを堪《こら》え、消し飛びそうになった意識を繋《つな》ぎとめる。

蹴りだ、と拓夢の意識の片隅が分析した。今自分を襲ったのは、恐ろしく正確で迷いのない革靴の一撃だと。

「……あのねえ、おじさん？」

蹴り足をゆっくりと引き戻しながら、噛《か》んで含めるように、少女は言う。

「どういうつもりかわからないけど、笑えない冗談は犯罪よ？」

「え……いや、それは」

「わたしのゆめくんはね、一生懸命なところがかわいい、十五の男の子なの。わかる？おじさんみたいな職業変質者とは、性別以外の何もかもが違うのよ」

「え……」

信号の色が変わる。それ以上の問答は不要とばかりに、「ふん」と一度だけ鼻を鳴らし、少女――寂院夜空はその場を立ち去った。

肩を怒らせて歩くその後ろ姿を呆然《ぼうぜん》と眺めてから――

「……あー……」

拓夢は、大の字になって、その場に倒れた。

視界いっぱいに、青空が広がる。

効いた。

蹴りの一撃はもちろん、その後に続いた一連の言葉が。立っていられないくらい、ここがリングの上なら余裕で10カウントをとられそうなくらい、効いた。

考えてみれば、いや考えるまでもなく、当たり前のことだ。

どういうわけか、ここに広がっているのは2002年当時の東京。

そこに生きているのは2002年当時の寂院夜空。

そして彼女の知る畔倉拓夢とは、当然のことながら、2002年当時の鼻たれ坊主のことなのだ。

不老存在であるメリノエと長く協力者《パートナー》を務める拓夢は、通常の人間よりも老化が遅い。とはいえ、それを加味しても、どうあがいても十代では通らない程度には年を重ねてしまっている。

突然現れた見知らぬおじさんが少年の名を名乗っても、そりゃあ、まともに取り合ってもらえるはずがない。蹴りの一発で済ませてもらえてありがたいくらいだ。いやはやまったく。

「は、ははは」

自分の感情が、よくわからない。

けれど、笑いが溢《あふ》れてきたということは、喜んではいるのだろう。

彼女に会えた。生きて動いている彼女を見られた。声を聞けた。ただそれだけで、充分に嬉《うれ》しい。

「……かわいい男の子、かぁ……」

笑いながら、ぽつり、夜空の言葉の一部を繰り返す。

当時の自分は、かっこいい男を目指していた気がする。それこそ、憧れの先輩の力になって、何かあったら守れるような自分になりたいと考えていた。それなりに努力して、それなりには達成できていたと自認していたのだけれど。

そんなところを「かわいい」と思われていたというのは、今さらながら、うん、ほんの少しばかり、キツいかもしれない。

喜びと、心の痛みとが、拓夢の中で入り混じって、複雑な感情のスープを作っている。


「ずいぶん楽しそうだな？」

頭の上から、呆れたような声が降ってきた。

そちらに目を向けるまでもなく、視界いっぱいに広がる青空の一角に、メリノエの整った顔が入り込む。

「……おう」

「『おう』ではなかろう。まったく、ひとを猫の子のように放り出しおって」

頬をふくらませる。

「悪い悪い」

拓夢は身を起こす。

「何をしていたのかは知らぬが、吾《われ》の目の届かぬところで勝手に幸福になるな。つまらんだろうが」

「悪い悪い」

埃を払う。

改めて自分の格好を見る。都市迷彩の作戦服。廃墟と化しているはずの東京での活動を想定してのチョイスだが、とりあえず見た感じは平和なこの街中では、何というか、だいぶ浮いていると言わざるを得ない。

「にやけているな」

「ん、そうか?」

言われて、自分の頬に触れてみる。なるほど、笑っている。

「良いことでもあったのか?」

「まあ、そうだな。プラスマイナス複雑だけどよ。総合的には、オレのこれまでの人生がまるごと報われた気分だ」

「では何か?　吾は、それほどの重要イベントをまるまる見逃したことになるのか?」

「そういうことになるな」

笑顔で頷《うなず》く。

その頬を、メリノエの細い指で、思い切りつねられた。

——がんばれ、ゆめくん。応援してるぞ。


東京が消失した前日、彼女はそう言っていた。

金曜日の決戦に向けて意気込む拓夢少年を、励ましてくれた。

それは、あの時の少年にとって、特別な言葉だった。「がんばる」は、そもそも彼女への憧れを自覚するきっかけにもなった単語だったから。

そしてそれは、その後の青年の人生にとっても、特別な言葉となった。結局金曜日に辿《たど》りつくことのできなかった少年の成れの果てにとっては、先に進むことのできない自分の人生の象徴のようなものとなった。

2.

◇

コンビニに入って、新聞を一部購入がてら、「今日は何年の何月だ」と尋ねてみた。

店員は「２００２年６月５日水曜日ですよ」と答えてから、少し考えて、「何世紀の未来から来たんです?」と笑いながら付け加えてきた。拓夢は愛想笑いを浮かべながら「そいつは機密だな」と返す。二人、ははと朗らかに笑う。

コンビニを出る。頭を抱える。

「何をやっている」

「いや……改めて、笑えねえ状況だと思ってな……」

2002年、6月5日。あの『来訪者の日』、東京消失事件が起きた、当日。

とうの昔に過ぎ去ったはずの時の中。


どちらからともなく、そしてどこへともなく、歩き始める。

どこにも不自然なところのない、ごくありふれた、朝の街並み。

もちろん、その事実それ自体が、どこまでも不自然だ。

「見たところ、平和だな」

「ああ」

「荒れ果てるどころか、ほとんど混乱していない」

「そうだな」

「船室は元の空間を模造することで創られる。2002年に模造された空間が、2002年の姿をしていること自体に不思議はない……が、それからまったく時間が経《た》っていないように見えるのはなぜか」

歩幅を合わせて、横に並んで、懐かしき東京の歩道を、行く。

「本来なら、ありえない話ではあるが。この状況、お主はどう読んだ?」

両腕を頭の後ろに組んで、メリノエが尋ねてくる。

「読むつってもな。ワケがわからんってのが正直なところだ」

拓夢は少し考え、

「幻覚とか、誰かの夢をもとにした疑似世界とか、その手のファンタジーか? ほら、映画とかで、そういうのよくあるだろ」

「まぁ、最初に疑うとしたら確かに、……ふわぁ……その辺りの路線《セン》だな」

あくびをひとつ挟んでから、メリノエは片目を瞑《つむ》り、軽く手を横に振った。

空間の隙間から、いくつかの、虹色に輝く多面体の結晶が出現する。それらは各々が勝手な軌道を描きながらメリノエの周りを飛び回り、また、不規則に明滅する。

コォォン、コォォン、という透き通った共振音が耳に届く。

「……どうだ?」

少し待ってから、拓夢は尋ねる。

「完全に的外れ、だな」

片目を閉じたまま、メリノエがこちらを見る。

先ほどとは逆の方向へと手を払う。空気に溶けるようにして、結晶たちが消滅する。

「周辺空間を一通りスキャンしたが、異常なほどに異常がない。ここは通常空間だ。夢でも幻覚でもない。だいぶファンタジックな状況でこそあるが、ファンタジーを直接見せられているというわけではない」

「そうかい」

もとより、思い付きをただ口にしただけだ。外れだと聞かされても、特に残念に思うことはない。

「驚いたな。人間も本物だ」

「あ？」

「道を歩く者も、そこらの家屋で家事にいそしむ者も、あそこの小学校でドッヂボールを楽しんでいる童《わらべ》もだ。誰一人、スワンプ・チェックに引っかからん」

スワンプ・チェック。少し前に、地球人の原子レベルで精巧なコピー《スワンプマン》を造り出していた犯罪来訪者たちへの対策として、一部来訪者たちが組み上げた検査方法……のはずだ。具体的な内容はおろか、前提となる様々な理論が現代地球人の理解を超えているため、「そういうものがある」という彼らの言い分を鵜呑《うの》みにするしかないのだが。

「ってこたあ、あれか？『来訪者の日』に死んだはずのご当人たちが、実はここで生き残っていましたってか？」

「そうなるな。幻でもアンドロイドでもクローンでもない。彼らはみな、この地に住んでいた本人だ」

ということは。

先ほど見た寂院夜空も、そうなのか。

夢でも幻でもいい、人形でもクローンでもなんでもいい、その無事な姿が見られたというだけで限りなく嬉しい。どういう悪魔がどういう意図で騙《だま》しに来ているのかもわからないが、その悪意に感謝する——半ばそう本気で思っていたのに。その必要すらないのか。あの彼女は本物で、本当に生きているというのか。

「凄《すご》い表情になっているぞ」

こちらの顔を覗《のぞ》き込んだメリノエが、半眼になって呆れている。

「……百年の恋も一瞬で冷めるような顔だ」

「そうか」

「まあ、億年の恋であれば、ビクともしないわけだが」

「そうか」

よくわからない超年長者マウントを、いつものように聞き流して。

「そこまでわかったうえで、ならばこの状況をどう分析する？」

「ふむ？　ふむー、そうさなあ……」

メリノエは視線をやや上に上げ、しばし考えこむように沈黙して。

それから、何かを見つけたように、にんまりと笑う。

「……立ち話もなんだ。腰を下ろして作戦会議というのはどうだ？」

まっすぐに、一件のカフェを——

正確には、そのカフェの正面に出されていた、『焼きたて抹茶シュークリームセット

（たっぷり増量中！）』の看板を、指さした。


平和な街中では、捜査課の戦闘用フル装備は目立って仕方がない。

かといって、メリノエの「装備を取り出す」能力にも限界があり、無駄遣いは避けたい。

だからまず、量販店で目立たない服を買って着替えた。作戦会議はそれからだ。

◇

さて、手持ちの日本円が、意外と心もとない。

言うまでもなく、外で最近発行されたカード類は、この謎東京では使えない。となると頼りになるのは現金だけとなるのだが、そもそも、今回の作戦に通貨が必要になるとは予想していなかった。

それに加えて問題になるのは、この場所における「現在」が2002年であるらしいという事実だ。つまり、外で2003年以降に発行された札やコインは、たとえ旧デザインであっても、すべてが実質上の贋金《にせがね》になる。手持ちからそれらを除くと、大した額が残らない。

ぶっちゃけ、お守り替わりにと持ち込んでいた旧一万円札が軍資の全てである。そのことは、メリノエにもしっかり伝えたはずなのだが。

「ふむふむ」

焼きたて抹茶シュークリームセット（たっぷり増量中）をほおばりながら、とりあえずメリノエはご満悦のようだった。満面の笑みを浮かべて、手足をばたばたさせている。

その一方、日本人としてはやや大柄な拓夢には、おそらく女性客をメインターゲットに据えているであろうこのカフェは、多少居心地が悪い。

小さな椅子の上で、肩をすくめるようにして座っている。

「……これ、飲んで大丈夫なのか？」

手元のコーヒーカップに目を落とし、眉をひそめる。

「なにがだ」

口元のクリームをなめとりながら、メリノエが首をかしげる。

「いやほら、あるだろ。違う世界のものを食べたら帰ってこられなくなるとか、そういうやつ。黄泉戸喫《よもつへぐい》とか、ペルセポネの柘榴《ざくろ》とか」

「ん、ああ」

にまりとメリノエは笑う、

「古典的《トラディショナル》なオカルトの話か。お主はあれだ、図体《ずうたい》のわりに、ずいぶんと可愛らしい心配をするのだな？」

「かわいいとか言うな」

その言葉は、今は特に、聞き逃せない。拓夢は憮然《ぶぜん》となり、

「そもそも来訪者《おまえら》が規格外すぎるんだよ。その時の常識からはみ出たものを、人間は作り話の文脈に落とし込むことで呑み込む。オカルトってのはそういうもんだ」

首を振って、

「大昔は季節の移り変わりとか天候の変化を神の仕業だとして、仕組みを理解できないままでもどうにか付き合った。現代も同じだ、仕組みの理解できない来訪者《おまえら》と正気で付き合っていくには、どうしても、似たような文脈が必要になる。だろ？」

「必死に言い訳している姿もまた可愛らしいな？」

「ああ畜生」

ああ言えばこう言う、である。

天井を仰いだ。手玉に取られている。

「言いたいことはわかるぞ。合理的だとも理解できる。『わからないままにしておく』を科学は許さないが、さりとて、人類の科学がすべてを解明するまで事態が待ってくれるわけでもない。用法分量には気をつけつつ、使えるものは使うべきだ……さて」

ぺろり、メリノエは指についたクリームを舐《な》めとる。

「まずは安心せい、心配しているような危険はない。言うただろう、ここは間違いなく通常空間。このシューもクリームもミックスジュースも、外の世界と同じような原子構成でできている。むろん毒もない」

そこまで言ってから、思い出したように「まあ、多少脂肪分は多めかもしれんが」と付け加える。

「そもそも、今さらだろう？　吾らは既に、ここの大気を呼吸しておるわけだからな。この世界の分子は、とうに体内に取り込み済みではないか」

「そりゃまあ、そうだけどよ……」

「追加でそもそもだ。どこの来訪者の仕掛けだとしても、今さらその程度の奸計《かんけい》が、お主の体に効くものか。理解しておるのか、お主はこの吾と体を溶け合わせているのだぞ」

「言い方気をつけろよ？」

理屈はわかる。しかしどうしても、この世界が敵地だという意識のせいで、気分的に警戒してしまうのだ。

とはいえ気分を理由に判断を鈍らせるのは、それこそオカルトに振り回されているというのと変わらない。先のメリノエの言葉を借りるなら、薬《オカルト》の用法分量を間違えるということになるだろうか。

「…………」

しばしの逡巡《しゅんじゅん》の後、意を決して、コーヒーに口をつける。

そのまま勢いよく一気に飲み干す。

熱い。苦い。そして何というか、妙に渋い。

それらの雑多な刺激がカフェインと共に、拓夢の思考に活を入れる。

「……２００２年の東京には、もちろん、アーコロジー機能なんてなかった」

語り出す。

「ふむ」

ミックスジュースのストローをくわえたまま、メリノエは神妙に頷く。

「太陽光や空気とかは、まだいいさ。理屈はよくわからんが、〝船室《キャビン》〟という技術は『環境ごと模造する』てぇ特性を持ってる。『環境』にカウントしてよさそうな要素については、無理やりに呑《の》み込める。けどよ。水や電気や食料は、そうもいかねえだろ。補給なしじゃ、一年も保つはずがねえんだ」

見回して、

「加えてこれだけ平和となると、わけがわからん。自分たちがどういう状況にあるのか気づいてすらねえよな、こいつら」

視線だけで、店内にいるすべての人間を示してみせる。

「これ全部、ちゃんと人間なんだよな？　人形とかじゃなくて？」

「そうだな。だがこの街は、確かにこの形で、ここにある」

ふんふんとメリノエは幾度か頷いて、

「その誤謬《ごびゅう》を、現時点で、お主はどう読み解く？」

当然の質問を投げてくる。

「そりゃさっき答えたろ、ワケわかんねえって。夢か幻じゃねえのか、ってのをまだ疑ってたいくらいだよ実際」

「いいから別案を出してみろ。荒唐無稽で構わんから」

拓夢は少し考えて、

「巨大宇宙船にこの街が丸ごと鹵獲《ろかく》されていて、実は亜光速で移動中。ウラシマ効果で時間の流れが遅くなっている。だから地球で何年経ってもここじゃ数時間しか経ってない」

自分でもめちゃくちゃだとは思いつつ、言うだけ言ってみた。

「ほう、古典ＳＦの世界だな」

「いちおう、ＳＦが職場《そこ》なもんでな」

とは言ったものの、まあ、これはハズレだろうと思う。亜光速で移動中の宇宙船に、そう簡単に飛び乗れるものとも思えないし。

「で、お前のほうはどうなんだ」

「吾か？　そうさなあ……」

ストローから口を離し、窓の外に目をやる。

ちょうど、一羽の小鳥が、左から右へと飛び去っていく――のを目で追って、

「この街を盗んだ犯人は、何かを探しておるのだろうな」

「うん？」

「まぁ、勘のようなものだな。おそらくそうだろう、と感じただけだ」

何だよそりゃ。

「だが、確信は持っている。この状況を創った者は、この閉鎖された東京で、何かを探し

ている。それは、正しく時が流れてしまえば消えてしまうような、儚《はかな》いものなのだろう。そういう理由があったからこそ、其奴《そやつ》は２００２年のこの街を、理を捻《ね》じ曲げてまで手元に留め置いた」

「……へえ」

その観点は、拓夢にはなかったものだった。

目的。そうだ、来訪者であれ、これだけのことをやらかしている以上、何らかの目的を掲げていることに違いはないはずだ。何を望んでこんなことをしたのか。突き止められれば、問題解決に大きく近づけることだろう。

根拠がメリノエの勘でしかないというのは不安要素だが、手がかりらしい手がかりのない現状、考え方がひとつ提示されたというだけでもありがたい。

「まぁ、吾のこの当て推量に関しては、深く突き詰めずとも良い。いずれそのうち、答えのほうからやってくるだろう」

「はあん？」

「吾とお主は、ここから外れたモノであるからな」

言って、カップの中のジュースを吸い尽くす。

「大気を吸おうがクリームを舐めようが、それは変わらぬ。この街の向かう先に、吾等は行けん。その懸隔《けんかく》は、遠からず必ず、形を成して顕《あらわ》れるだろうさ」

どこか妖艶にそう言い放ってから、メリノエは軽く手を挙げ、店員を呼びつける。

ここらで作戦会議を切り上げ、調査に戻るつもりなのだ――と拓夢は解釈して、腰を浮かしかける。

「こちらのな、シナモンロールとマンゴープリンのセットを、追加で頼む」

思いっきり、つんのめりかけた。

「まだ食うのかよ⁉」

「いや仕方がなかろう。どれも美味《うま》いぞ、ご当地の、かつ時代の味がする」

「おのぼり観光客かよ⁉　予算あんまないって、オレ言ったよな⁉　お前聞いたよな⁉」

「そう猛《たけ》るな、糖分が足りていないのではないか？」

店内のあちこちから、くすくすという小さな笑い声が聞こえる。今の自分たちが周りからどのように見えているのかを察し、拓夢は顔を赤くする。

二十代半ばの姿の自分と、ローティーン程度の外見を持つメリノエ。

さすがにカップルには見えないだろうし、「年の離れた子に振り回されている親戚のお兄ちゃん」あたりの解釈に落ち着くだろう。

そしてそれは、拓夢にとって、とても不本意で不名誉な誤解である。

「…………それ食い終わったら、行くぞ」

「うむ」

笑みを浮かべ、メリノエは頷いた。事情を知らない者が傍《はた》から見ている限りでは、それこそ素直に「かわいらしい」と思うだろう、そういう笑顔だった。

はぁ。

拓夢は小さく嘆息すると、店員を改めて呼びつけ、追加のコーヒーを注文した。

ついでに、

「ここから八王子って、どのくらいかかるかな、電車で」

腕時計《うでどけい》を気にするそぶりを見せつつ、その店員に訊《き》いてみた。

アルバイトと思しきその店員は、何かを思い出すような間を入れ、「一時間くらいじゃないでしょうか」と答えてきた。

「さんきゅ」

礼を言って、拓夢は考える。

八王子は、東京消失の範囲の外にある。つまり、この特大〝船室《キャビン》〟の中には存在しないはずの場所だ。そこの話を振られても、この店員は、特に異常な反応を見せなかった。

（単に、街が封鎖されたことに気づいていないのか。嘘をついているのか。ここから一時間の場所に、オレらの知るものとは違う別の〝ハチオウジ〟があるってセンもある）

頬にクリームのついたメリノエの満面の笑みをジト目で見守りつつ、拓夢は考える。

（……結論を出すにゃ、まだ情報が足りねえか）

3.

かつて二十世紀が終わろうとしていたころ、人々は、やがて来る新世紀に対して様々な想像を巡らせていた。人々は銀色のタイツめいた服を着るようになるとか。空中にチューブめいた道路が張り巡らされ、自動車はその中を走るようになるだとか。そこまで極端なものは除いたとしても、人類の電脳化が進むだとか大々的に宇宙に進出するだとか、とにかくわかりやすい変化が人類文明に起こるだろうという期待は確かにあった。その期待の裏側に、すべてが退廃するだとか破滅が訪れるだとかいった、世紀末思想なるものも並行して広がっていた。

実際にどうなったかは、誰もが知る通りである。

二十世紀の最後の年は、それ以外のありふれた年と同じように終わった。二十一世紀の最初の年は、それ以外のありふれた年と同じように訪れた。人々は銀色の服を着ることもなく、自動車はチューブの中を走ることもなかった。

人々は落胆し、安堵《あんど》し、一年前までの自分たちを軽く嗤《わら》いながら、日常を続けた。二十世紀末のそれとほとんど何も変わらない、二十一世紀の日々を過ごし始めた。

――だからなのだろうか。

改めて訪れたこの「２００２年の東京」には、色々なものがまだ少し浮ついているような……それでいて同時に、どこかのんびりと落ち着いているような。不思議な、独特の雰囲気が漂っている。そう感じられる。


「予算の問題を、どうにかしたいところではあるな」

並木道を歩きつつ、メリノエはクレープなぞをぱくついている。

「まったくの同意見だが、現在進行形で浪費中のお前が言うな」

「必要最低限の経費だろう。固いことを言うな」

「五秒前の自分と正反対のことを言うなよな？」

軽い口調でつっこんではいるが、実際、予算は厄介な問題だ。ここが街として機能している以上、情報を集めるにもそれ以外の活動をするにも、まともに動こうと思うなら金が必要になる。

「昔は、この辺りを庭にしていたのだろう？　臍繰《へそく》りを隠していたりはせんのか」

「ねえよ。あったとしても、クソガキの小遣い程度じゃ足しにもならねえよ」

「何だ、つまらん」

「そこまで手持ちが怪しくなったのは、お前がバカスカ食いやがったからでもあるんだがな？　ったく、この非常事態に、あっさり食欲に負けやがって」

「ふむふむ成程《なるほど》、御尤《ごもっと》もだ」

頷きつつ、メリノエはくすくすと笑う。

「非常事態にあっては、欲に負けてはならない。さすが、現場到着して真っ先に女の尻を追いかけた男は、言うことが違うな」

ぐ。言葉に詰まる。

「いや、あれはその、だなあ……」

「吾も見たかったものだな。お主の本気を捉えて放さぬ、その罪深き雌《めす》の貌《かお》も」

「言い方は選んでくれよ？」

今なお彼女に心を捉えられているのは事実だ、反論の声にも力が入らない。

「むろん、吾の眼鏡《めがね》に適わんようなつまらん女であれば、譲る気はないぞ」

「お前はオレの何のつもりなんだ」

「それはむろん、あれだ。現時点では、体も心も、最もお主に近しいところにいる雌だと自覚しているが？」

「言い方は選んでくれよ？」

心も体も至近距離、そういう間柄の相棒だというのは事実だ。というわけで、やはり反論の声に力が入らない。

肩を落として、とぼとぼと道を往《い》く。

「まあ、先輩にちゃんと男として見られてたのかすら、自信ねえんだけどな」

「ふうむ？　同性に見えていたと？」

「そっちじゃねえよ。弟扱いされてたってことだ。一人っ子だからずっと弟か妹が欲しかったんだー、なんて言ってたし」

「成程。となると、今のお主を見たら驚くだろうな」

見て驚くどころか、軽蔑しきった顔で変質者扱いされたりもしたのだが。

「ところで、吾々は今、どこに向かっている？」

メリノエが尋ねてくる。

「んー……改めてこの状況についての情報収集だな。話を聞けそうなところに、ひとつ心当たりがある」

「ほう？」

興味を惹《ひ》かれたようで、メリノエが少し、顔を寄せてくる。

「ここからなら、そんなに離れてないしな。オレも初めて行く場所なんだが、まあ、成果は期待していいんじゃないか」

「ほうほう？」

大勢の来訪者が一度に押し寄せてきたのが２００２年の6月5日。しかし、歴史の表舞台に出てこなかっただけで、それ以前からも、散発的な客は訪れていた。幾度となく問題が起きていたし、ならばもちろん、地球側にもそれを解決する調停者たちがいた。

むろん彼らは、そのまま調停者としての看板を掲げてはいなかった。世間の目を逃れながらも活動できるように、表向きには別の職であるように装っていたらしい。

「警察署、だよ」

当たり前だが、信じてもらうのが大変だった。

未来から来たんですだとか、東京は悪い宇宙人に襲われているんですだとか。冷静に考えて、行き過ぎた陰謀論者の妄言でしかない。しかし困ったことに、正直かつ正確に事態について説明しようとすれば、そういう表現を使わざるをえない。

◇

「ハッハァ！」

通された部屋には、どうやら上機嫌らしい、一人の男が待っていた。

年は、四十をいくらか過ぎたくらいか。彫りの深い顔に、白いものの交じった髪、刈り揃《そろ》えられた髭《ひげ》。そして、服の上からひと目見ただけでそうとわかる、鍛えられた体。その口元では、短い煙草《たばこ》が、ゆるい煙を立ち上らせている。

強えな——

拓夢は、心中だけで、そう呟《つぶや》く。

立ち姿だけからでも、容易にそれが察せられる。鍛えて到達できるタイプの強さではない。第一線に身を置き続けた結果として生まれただけの、数字や言葉にしづらい強靭《きょうじん》さだ。戦闘技術だの生存能力だのといった、表面的なものが決定的に違う。これぱかりは、どうあがいても、若造である自分では敵わない。無数の傷に彩られた貫禄《かんろく》。

噂《うわさ》には、聞いていた。来訪者たちが急増するよりも前、高名な調停者といえばまず最初に名前が挙がる男。あらゆる紛争を解決してきた無二のベテランであり、地球人側にとっては最大戦力であったという。

名は確か、柊《ひいらぎ》豪十郎《ごうじゅうろう》。

伝説のように語られるその男に、一度会ってみたかったとは常々思っていた。しかしまさか、その願いがこんな形で叶《かな》うとは。

「ようこそ我がオフィスへ！　君が、話題の未来人クンだね？」

柊は大仰に両腕を広げて、歓迎の姿勢を見せた。

「受付からの報告は聞いた。面白い話をしていたらしいではないか。何でも、この閉鎖された界隈《かいわい》だけが、時間の流れから取り残されている、だとか？」

「ああ」

拓夢は頷いた。

「ちなみに大真面目《おおまじめ》だ。フカシは入れてねえスよ」

男は、五歩ほど離れた場所に立ったまま、まっすぐに拓夢の瞳を見る。

「……ふむふむ。ふむふむふむ、なるほどな？」

視線を切り、煙草を灰皿に押し付ける。

胸ポケットから取り出した新たな一本を、口にくわえる。火をつける。

相当なチェーンスモーカーなのだろう、決して小さくない灰皿が、既に吸い殻と灰で溢れんばかりになっている。

「まあ、すぐ信じてもらえるとは思ってねえスけど」

「いや、そうでもない」

太い指が、びしりと拓夢に突き付けられる。

「部分的にであれ、そのまま納得できるところもある」

「……は？」

「話をまるごと鵜呑《うの》みにするというわけではないがね。現在この渋谷が詳細不明の異常の中にあるというのは、こちらでも確認できている事実だからな」

柊は窓辺に近づき、下ろされていたブラインドを指先で少しだけ開ける。

「気づいてるんスね、今のここは、どこかおかしいって」

「当然だとも！」

柊は頷き、ふたたび大仰に両腕を広げて、

「なぜか外界と途絶している。行き来はもちろん、情報のやりとりすらできない。にも拘《かかわ》らずインフラが生きている。そして何より、なぜか誰もそのことに違和感を抱いていない。これをトラブルと呼ばずして、何と呼ぶべきか！」

朗らかに笑い、

「確かに東京民は、騒動まみれの日常に慣れて、鈍感になっている節がある。しかしだからといって、ここまでの無反応は異常だろう」

「たぶん、認識改変が起きている」

うむ、と柊は頷く。

「ここが〝船室《キャビン》〟の中であるというなら、納得できる。あれの中では、通常の地球人は違和感を抱けない。そういうものだからな」

「でも柊サンは気づけた」

「むろん、信頼できる最高の協力者《パートナー》がいるからな。そう、君にとってそこのキュートなお嬢さんがベストパートナーであるように」

「うむ」

なぜかメリノエが、誇らしげに頷いた。

「〝ベスト〟は余分スけどね」

拓夢も頷いた。メリノエの肘に脇腹を小突かれた。

「これからどうしたものかと、少々悩んではいたのだがね。君たちが来てくれたおかげで、ひとつ決心がついた。この街がただの〝船室《キャビン》〟で、外には正常な世界が健在だというなら、壊してしまうとしよう」

柊は、右手指で拳銃を象ると、まっすぐに窓の外の空に向ける。

「……壊す？」

聞き間違いかと思った。

「想像していたのさ。この街が隔絶していたとして、壁の外には何もなくなっているかもしれないだとか、宇宙空間が広がってるかもだとか。宇宙船東京号だな。もしそうだとしたら、壁にヒビをひとつ入れるだけでも致命的だ。そして、外の情報が何もない段階では、その可能性を完全には否定できなかった」

はぁ、と相槌《あいづち》を打つ。

「しかしどうやら、ここは宇宙船東京号ではないらしい。ならばセンジュの光で、直接どうとでもできる」

センジュの光。

その言葉をキーワードに、外で聞きかじった、柊豪十郎についての情報を思い出す。いわく、彼の大きな戦果は、彼自身の強さのみならず、相棒たる来訪者ドルンセンジュの力にも大きく支えられていたという。

その者の持つ力はふたつ。自分たちの精神力をエネルギーに転化して溜《た》め込むものと、そのエネルギーを光弾として放出するもの――

「まさか」

目を見開いた。

「〝船室《キャビン》〟の外壁自体を壊せるんスか⁉　柊サンたちの力で、内側から⁉」

柊は唇を吊《つ》り上げ、不敵に笑う。ついでに、新しい煙草をくわえて、火をつける。

「私とセンジュのキャッチコピーは『この宇宙に貫けぬものなし』でね」

とんでもない話だ。外側から穴をこじ開けるため、あの〝白〟の女ですら、年単位の時間をかけていたらしいのに。

「成程、理に適っている」

傍《かたわ》らからメリノエが解説を入れる。

「金庫の鍵をあけるのに、鍵を偽造したり暗証番号を探ったりをしていれば、もちろん相応の時間がかかるだろう。しかし、デタラメ大火力で扉を吹っ飛ばすだけならば、そういう手間はいらんという理屈だ」

いやいやいやいや。

畔倉拓夢は、現代の同業者たちの中では、少々力任せなケースが目立つ調停者だと評価されている。そのあたりに自覚はないでもなく、いつか改善するべき課題だなあなどと考えることもある。

その拓夢が、2002年の実力者を前に、心の底から思う。

ゴリ押しすぎるだろ、あんた。

「さすがに、今すぐにとはいかんがね。障壁の強度の確認と、それを貫けるだけのエネルギーのチャージと……まあ、最低で二百時間はかかる」

「八日……」

正直、長いとは思う。しかし、やろうとしていることのデタラメさを考えれば破格の短さだ。文句のつけようがない。

「となると、オレたちにやれることは、当面何もない感じスかね」

言いつつ、拓夢は心の奥に、何かチリつくものを感じている。

これ以上拓夢とメリノエが何もせずとも、あと八日で、問題は解決する。下手に動くことで足を引っ張る可能性すらある。大人しく状況を見守るのが良い、と……そう考える一方で、そうではないと感じてもいる。

不自然だらけのこの世界で、それでもなお、無視できない特大の違和感。

「そうだ、と言ってしまってもいいのだが」

柊は首を振る。

「そうするつもりは、ないんだろう？」

「お見通しスか」

「君のようなタイプのことはよく知ってる。自分で見て聞いて、さらには直接ブン殴ったものしか納得できないタチだろう」

顔の前で拳を固めて見せながら、言う。

いや待ってくれよ先輩、と思う。自分と同類だと言ってくれているのだとはわかる。それは光栄な評価だとも思う。しかし同時に、あんたレベルの脳筋と一緒にしないでくれという気持ちもある。

「……スね」

どちらの気持ちも隠し通して、頷く。

「じゃあお言葉に甘えて、自由に動かせてもらうス。その許可と、できれば身分保証みたいなやつ、もらっていいスか」

「ああ。話は通しておこう」

言いながら、柊は短くなった煙草を、また灰皿に押し付けた。


拓夢の、外における調停者としての身分はここでは使えない。だから、協力者としてのＩＤを改めて発行してもらった。メリノエともども、本物の捜査員ほどではないが自由裁量で事件にあたることができるという代物だ。ついでに、(実にありがたいことに) 多少の活動費も融通してもらえることになった。


「…………」

そのＩＤカードを眺めながら、捜査課本部を後にする。

「どうした。写真が気にいらんか？」

「それもある」

証明写真というものは、なぜか、不細工に写るものだ。妙に頬の膨れて見えるその写真を見ながら、拓夢は首を振る。

「何かが引っかかってる。なのに、何が引っかかってるのか、わからない」

「ふむふむ」

メリノエが頷く。

「ならばそれこそ、捜査課でもう少し話を聞いておくべきではないか？　今なら、ほれ、不審者扱いもされんことだし」

それはまあ、そうなのだが。

「何かを警戒しているのか？」

「いや……」

どちらかというと、警戒されているのはこちらだろう、と思った。

柊はもちろん、ほかの職員たちも、手のうちの全てを拓夢に晒《さら》してはいない。いくつもの重要な情報を伏せていると感じられた。

しかしこれは、もちろん、得体の知れない相手に対する当然の対応である。むしろそのくらいには慎重に振る舞ってくれないと、逆に不安になるところだ。だから、そこはいいのだ。そこはいいのだ、が……

それでも、何かが首の後ろのあたりにまとわりついている。

「だめだ、わからん」

拓夢は頭を振った。この頭は、難しいことを考えるのには向いていない。

「では、どうする？」

「……情報収集だ。少し、足を使おう」

宣言して、歩を早める。

4.

少し調べてみて、わかったことが、ひとつ。

この閉鎖市街の内側から、世界の壁はまともに認識できないようになっている。〝船室《キャビン》〟の仕掛けに耐性があるはずの自分たちにも、だ。

歩いて出ようとすると、いつの間にか方向感覚がおかしくなって、Uターンさせられている。

バスや電車を使っても、いつの間にか逆方向のものに乗っている。

タクシーを捕まえて外に出ようともしてみた。が、壁に近づくといつの間にかUターンさせられる現象に変わりはなかった。そしてその後、運転手には申し訳なさそうに「すみません、目的地はどこでしたっけ」と尋ねられた。何度試しても、そうなった。

そのほかいろいろと試してみたが、これといった成果は出なかった。

「手の込んだ鳥籠だよ、まったく」

公園沿いのベンチに腰掛けて、空を仰ぐ。

「本来の〝船室《キャビン》〟の仕組みに、手を加えてあるな」

隣にちょこんと座ったメリノエが、同じように空を仰ぐ。

足をばたばたさせながら、

「基礎理論は『人除け』、特定の場所に細工をして、地球人との無用な接触を避ける技術でな。在地来訪者の間ではそこそこポピュラーに知れ渡っておるし、それを応用した護身グッズまで売っておるよ」

言われてみれば、そういう話に聞き覚えがある。

調停者をしていれば、都市伝説めいた話を耳にする機会も増える。そして、「そこにあるはずなのに近づけない場所」、のような話は、確かに数多かった。

あるアパートのある階では三号室の隣が五号室になっていて、なぜかといえば四号室に住みついた来訪者によって部屋ごと隠されていたからだとか。山で遭難した者が隠し村に迷い込んで、後日改めて訪れようとしても村そのものに辿りつけなかったとか。規模の大きなものになると、地球人未踏の地があって、そこに向かう汽車があって、それに乗れる駅のホームそのものが地球人では近づけないようになっている……などというケースもあるらしい。

あれらが、つまりは、そうなのだろう。

「もともと『近づけない』ためのものを、アレンジして『外に出させない』ように機能させている。凝ってはいるが、それ以上の機能はないだろうよ」

「そう願いたいね」

ややこしい状況のうち、ごく一部だけであれ、説明がつけられたことはありがたい。できることなら、残りもとっとと解明してほしいものだが。

「どう調べたもんかな」

あごに手をあてて、考える。

まだ、強引な手ならばいくつか思いつく。強行突破しようと思えば、やれることはあるだろう。とはいえ、情報の少ない現段階では、あまり派手なことはしたくない。

「案はあるか?」

いちおう、パートナーにも訊いてみた。期待していたわけではないのだが、

「あるぞ、素晴らしいものがひとつな」

言葉だけならば頼もしい、そんな答えが返ってきた。

嫌な予感がしないでもなかった。が、話を振った手前、無視するわけにもいかない。唇の端を歪《ゆが》めつつ、拓夢は先を促した。

◇

ドーム内の照明が落ちる。

スマートフォンどころか、携帯電話すらそれほど普及していない時代である。客席に光源はない。だから、瞬時に客席は暗闇に包まれる。

薄いざわめきが辺りに満ちる。

少し遅れて、ぽつぽつと、小さな光の点がいくつか天蓋《てんがい》に浮かび始める。穏やかな、それでいて荘厳なＢＧＭが流れ出す。女性の声のアナウンスが語り始める。星の世界へようこそ、当館のスペシャルプログラムが、これから皆さまを、素敵なスタークルーズへとご招待します――

ぶわあ、と。光の点が、あふれだすように、大量に増える。闇夜《あんや》だったはずの空間が、満天の星に包まれる。周りの客席から、感嘆や驚愕《きょうがく》の声が聞こえてくる。

何をやってるんだろうな、オレたちは。

作りものの星空を見上げたまま、拓夢はぼんやりと自問する。

おんぼろのプラネタリウムである。

２００２年であるこの東京にあっても、いつ閉館してもおかしくない古び方をしている。もし東京が閉鎖されていなかったら、つまり外の世界と同様に未来へ進んでいたならば、とっくになくなっていたであろう場所。

座席の手すりに肘をつき、拳の上に頬を乗せ、不真面目《ふまじめ》な姿勢でアナウンスの解説を聞き流す。カシオペア座を使った北極星の見つけかたがどうの、北斗七星にまつわる伝説がどうの。星のロマンに身を浸している周囲の客たちには悪いが、異星からの来訪者たちと日々ドンパチをやらかしている身としては、今さら改めて学びたいものでもない。

ならば、なぜわざわざこんなところに入ったのかという話になるわけだが。

「いや本当に、何で入ったんだろうな……」

自問に対して、誰にも聞こえないような小声で、答えになっていない自答を呟く。


今のこの東京に触れてみよう、という話になったのだ。

ここの日常に触れて、違和感を探してみよう、という話になったのだ。

そのためには、拓夢の思い出の場所を巡るのが良い、という話になったのだ。

……いや、ひとつ訂正しよう。

そのようにメリノエに提案され、押し切られたのだ。


星空の上演が終わり、青空の下に出る。

「いやあ、良いものを見たぞ」

明るさの落差に、眼の奥が痛む。目頭を押さえてこらえつつ、やたらと上機嫌なメリノエを、半眼で見る。

「いやお前。ガチ来訪者から見て、楽しめるようなもんだったか?」

「当然だろう。仮に自分が高名な画家だったとしてだ。幼子がクレヨンを握りしめて描いた似顔絵を、愛しく思える気持ちに変わりはなかろうが」

「……あー……」

なるほど。地球人はまだ宇宙のことをろくに知らない、だからそこに夢を見ている。

拙《つたな》く再現された星空それ自体ではなく、そこに地球人が見出だすファンタジーのほうを楽しんでいたと。それがこいつ《メリノエ》の言い分か。

「幼き日のお主も、あれらの光に、彼方《かなた》を夢見ていたのだろう？　想像するだに可愛らしい純真さではないか」

「いや、想像すんなよそんなん」

言い返しながら、思い出した。そうだ、そもそもそれが、このプラネタリウムに足を向けた理由だった。小さな子供のころに、親に連れられて入ったことがある。それを思い出し、つい口にしたら、そういうことになった。

「お主自身は、懐かしくは感じないのか、この場所を？」

「そりゃまあ……なくもねぇけどよ……」

頰を掻《か》く。

ここは、そもそも自分が子供だったころには既に、おんぼろで客の入りも悪い場所だった。もう先が長くないだろうと言われていた。そして当時の自分は、そうか残念だなと頭の隅のほうで考えただけで、とりたてて何もアクションを起こさなかった。

だから、今さらここで懐かしさを満喫するというのは、さすがに図々しすぎるような気がしてしまうのだ。

「他には？　他にはどこか、思い出の場所はないのか？」

気の重い拓夢に構わず、メリノエのほうは上機嫌、完全に物見遊山モードである。両手を広げ、くるくると回りながら、拓夢の二歩ほど先を歩いている。

「それもまあ、この辺りはよく歩いたし、いくらでもあるがよ」

「うむ、片端から行くぞ。心配するな、軍資金はある」

他はともかく、少なくとも軍資金の件は、お前が胸を張るようなことじゃないだろう。

「いいけどよ。オレの里帰りもどきに付き合って、お前は楽しいのか？」

「無論だとも。愛しいお主について、とても多くが知れるのだからな」

目をつぶり、空を仰ぐ。

「幼少のお主が暮らした地。こうしているだけで、紅顔の鼻たれ小僧の姿が、まぶたの裏に浮かぶようだ。おお愛おしい愛おしい」

「鼻は垂らしてねえよ」

額《ひたい》を軽く小突いてやる。


馴染《なじ》みだったスニーカーショップに寄った。

畔倉少年とは顔見知りだったはずの店主は、一度ちらりとこちらを見ただけで、すぐに新聞に視線を戻した。

店内をぶらつく。

当時は手の出なかったブランドものを見つけて、つい見つめてしまう。値段は――高校生にとっては雲の上だが、社会人にとっては、少し無理をすればなんとかなる程度。そして何より、現代の日本ではこれには派手なプレミアがついている。同じものを手に入れようとしたら、いくつか桁の違うJ$《ジャダラ》が必要になるはずだ。

（………くっ）

無意識に棚に伸びる右手を、左手で押さえつけた。今はそんな時ではない。

ゲームセンターに寄った。

学校帰りの生徒たち——いつの間にかそういう時間になっていた——が懐かしいタイトルの筐体《きょうたい》の前に集まり、わいわいと騒いでいた。拓夢は少し離れたところからそれを眺めていたが、すぐに離れた。

そのままゲームセンター自体からも出ていこうとしたが、

「拓夢！　これだ、これをやるぞ！」

メリノエに袖を掴《つか》まれ、ゾンビを銃で撃つゲームの二人プレイに参加させられた。

とっととゲームオーバーになってここを離れよう……などと最初のうちは考えていたのだが、正式な射撃訓練を受けた拓夢にしてみれば、作りものの戦いは文字通りの児戯である。気づけば、ほぼノーダメージのままゲームを完走し、いつの間にか集まっていたギャラリーの感嘆の声を浴びていた。

公園に寄って、小学生たちのサッカーを眺めた。

昔は時々、人数が足りないからといって、無理やりゲームに参加させられたりもしたものだ。ポジションは決まってキーパーで、手を使ってはいけないというハンデまで課せられた。無茶苦茶ではあったけれど、あれはなかなか楽しかった。

自分が成人男性になってしまった今は、そういうこともない。昔よりもいくぶんか離れた場所から、本当にただ、眺めるだけの立場。

CDショップに寄って、新譜のラベルを眺めた。

東京消失とともに消えていたバンドたちが、ここではまだ、第一線のアーティストとして店頭を飾っている。そのことが嬉しくもあり、寂しくもある。彼らはここでは現役なのだが、しかし、新曲を書いたりはしていない。

図書館に寄った。

これといったエピソードがあるわけではないが、当時、月に一度くらいは足を運んでいた場所だ。理由は簡単、タダで雑誌の最新号が読めたから。

今となっては、さしたる魅力もない……と言いたいところではあったが、ついつい二冊ほど読破してしまった。

映画館に寄った。

うっかり「初めてのデートの場所になるはずだった」と漏らすと、メリノエに思い切り食いつかれた。「面白いエピソードはねえよ、すっぽかされただけだ」と惚《ぼ》けようとしたが、余計に興味を惹いてしまっただけだった。

ごまかすのに、Lサイズのポップコーンのバケツがふたつ必要になった。


それから、それから、それから——

足の赴くままに、思い出の中を、歩く。

5.

あっさりと日が沈んだ。

時刻はもう、午後の7時を回っている。

「さて。そろそろ今宵《こよい》の寝屋について考えねばならぬかな?」

完全に観光客状態のメリノエが、上機嫌でそんなことを言う。

「それもそうだがよ。そろそろ、時間だろ」

「ん? 何のだ?」

「五万秒だ。忘れんなよ仕事を」

「ん、おお、そういえばそんな話もあったな」

悪びれもせずに、何度も頷く。

「この船室《キャビン》の中には、おおよそ五万秒周期で、ゆらぎが発生している。オレたちは、そいつを捕まえて中に入った。だが、そのゆらぎとやらが具体的にどういう現象なのかまでは聞けてねえ」

「お主が仕事に対して誠実なのは好ましいがな」

メリノエは目を細める。

「何が起きるのか判らんのなら、どのように備えれば佳《よ》いのかも判るまい。気を張って居れば解決するという類いのものでもなかろうよ」

「そりゃそうだが」

「異変が起きてから悩めば佳い。それより今は、もっと多くを見ておきたい――」

ぽつり。

鼻の頭に、小さな雫《しずく》が落ちてきた。

「お」

「おっと」

見上げれば、上空ではどれだけ風が強いというのか、動画を早送りするような速度で雲が流れている。などと暢気《のんき》に構えている暇もなく。

すぐに、雨が本格的に降りだした。

慌てて、手近なパン屋の軒下に飛び込んだ。

「通り雨だろ、すぐに止むさ」

「であればいいがな」

などと言っている間にも、空はどんどん黒くなり、雨足もどんどん強くなる。

どざあ、どざあ、という大きな音が、妙なリズムすらつけて身を包む。

「雨宿りではなく、傘を買って進むべきであったかな⁉」

「そうかもな‼」

雨音の大きさに釣られて、大声を出してしまう。

◇

雨が止まない。

降り注ぐ勢いこそ五分ほどで弱まった。が、雨そのものはどうにも止まらない。

諦めて、短い距離を走ってコンビニに駆け込み、二本のビニール傘を買ってきた。

見回せば、色とりどりの傘がくるくると道を歩いている。それらの間を縫うように、先の自分たちと同じく、雨の中を走る者たち。

「……時間くっちまったな」

腕時計を確認しながら、拓夢はぼやいた。

「ほうらな《そうだな》」

チョココロネ（軒を借りた礼といって先のパン屋で買った）にかじりつきながら、メリノエが相槌を打った。

「まあ、観光を続けるってテンションでもなくなったな。ゆらぎとやらも来る気配ねえし」

口の中のものを飲み込んで、

「やはり寝屋を探すか」

「そうするか。ネカフェのひとつやふたつ、探せばあるだろ」

「なぬ。どうせ官の金だというに、そんな質素なことでいいのか。こう、夜景の見えるレストランで優雅にワイングラスを傾けたりはせんのか」

「そこまで予算出ちゃいねえよ」

東京の夜景を見ながら一杯。確かに、それは魅力的な話ではあった。金額や豪華さの問題ではなく——既に失われたものである「東京」の眺めは、現代を生きる者たちの誰一人として、楽しむことのできないもののはずだから。

とはいえ、そんな贅沢《ぜいたく》を楽しんでいられる身分ではない。二重の意味で。

「間をとってもビジネスホテルだが、さてどうしたもんか——」

少女が立っている。

拓夢の全身が固まる。心臓だけが早鐘を打ち、ほかの部位はまるで動かない。特に眼球だ。縫い付けられたように、目の前の光景から離せない。

「お？」

拓夢の視線をメリノエが追う。

大きな交差点がある。

時間のせいか、交通量はそれほど多くない。人の行き来もそれなりだ。信号待ちをしている何人かを目に留める。スーツ姿のサラリーマンが二人、女生徒が一人、買い物帰りとおぼしき主婦と幼い子供が一人ずつ。

「ははぁん？」

得心したぞ、とばかりのいやらしい声。

拓夢は体の自由を取り戻すと、平静を装って、

「何だよ」

「あれが、お主の本気か」

「な……」

……んでわかったんだよ、と叫び出す寸前で、声を呑み込んだ。もう遅かった。やはりそうなのかと、メリノエは意地の悪い笑みをさらに深める。墓穴を掘った。それも、かなりの深さに、力いっぱい。

改めて、視線の先には、一人の少女がいる。

すっとした長身。背まで伸ばした黒髪。美人かと問われると、客観的なことは言えないぞと前置いたうえで、拓夢は心の底から断言する。世界一だと。

寂院夜空。もちろん彼女だ。

朝にも見かけて、少しとはいえ言葉を交わした相手が、そこにいる。

「そうか、あれがお主の心を捕らえたまま放さぬ、罪深き女か」

「おかしな言い方すんなよ、先輩は清純派なんだ」

「さほど胸が豊かなようには見えんが。お主の趣味とは違わんか？」

「だからそういう汚れた目で先輩を見るなって、あの人はあれが全部いいんだ」

「……むう？」

メリノエは納得できていなそうな声を出して、首をかしげる。

「しかし、妙な時間に、妙なところにいるのだな。お主らの通っていたという高校、ここいらに在ったのか？」

「あ？」

言われて。

拓夢は初めて、そのことを違和感として認識した。

もちろん、懐かしの学び舎《や》である砦北大付属は、こんなところにはない。少なくともここは、自分の知る寂院夜空の通学路上ではない。

時刻はすでに午後の8時。来訪者たちにかき回される前の世界は比較的治安がよかったとはいえ、制服姿の少女が一人で出歩くのにはあまり向いていない。

「先輩に限って、制服で夜遊びするタイプでもねえしな……」

「お主の知らぬ意外な一面というやつか。なんといったか、年上の男性と食事などを共にすることで小遣いを戴《いただ》くという、見目の良い女生徒にのみ許された稼ぎが」

「違ぇから」

メリノエの下世話な想像を、力強く否定する。

「なんか大事な用事があったんだろ、このへんの何かによ。たぶん、そんだけだ」

「何もわからんというだけのことを、自信たっぷりに断言するのう」

「うるせ」

見回す――ビル街が広がっている。

その中のひとつ、すぐ傍らに立つ、大きな病院に目が留まる。その正面玄関と交差点との位置関係的に、おそらく、夜空はつい先ほどまで、ここにいたのだろうと推測が立つ。

（誰かの見舞い、か？　それとも――）

そういえば、体が弱い人だったような気もする。

気丈だったし、弱いところをあまり見せようとしないしで、そういうイメージは決して強くない。しかし、何度か眩暈《めまい》やら何やらで保健室に担ぎ込まれる姿を見たような記憶がある。

「見るだけでいいのか？」

「ん？」

「愛しの相手と離れ離れだったのが、ようやくここまで近づけたのだろう？　満足するには早い。言葉は交わさずとも佳いのか？」

「……近づけちゃ、いねえよ」

軽く、自嘲的に唇を曲げる。

言葉ならば、すでに交わしている。

朝の通学路で、これ以上ないほど情けない形で。

「距離ならもう、どうしようもないほど開いてる。オレの中の夜空先輩は、昔のままだ。でも夜空先輩の中のオレは――十五歳の拓夢は、もうどこにもいない」

メリノエが、小さく首をかしげる。

こちらの言わんとしていることが、伝わっているやらいないやら。

まあ、どちらでもいい。図太くて無神経で無配慮で、ついでに来訪者でもあるこいつに、細かい人間の心の機微を理解してもらおうとは思っていない。

「よくはわからんが、だからもう、会う気はないと？」

「ああ」

頷く。

「生きててくれたってだけで、その姿が見られただけで、最高に御の字だ」

そう言って、背を向けた。

言葉にしたのは強がりだ。会いたい、話したい、彼女に自分を認識してほしい。そういう思いは、胸の中で燻《くすぶ》り続けている。何かの拍子に燃え上がってしまいそうだ。だから、早めに離れようと思った。

「つうか、宿だけじゃなくて、先に晩メシのことを考えねえと――」

ちらりと、何の気もなく腕時計を確認した。現地の、つまりこの東京の現在の時刻が表示されている。午後8時09分、31秒。

突然、悲鳴が聞こえた。

「――あ？」

振り返った。

車道を、直径20センチほどのボールが、転がっている。

それを追って、小さな子供が、車道に飛び出している。悲鳴をあげたのは、その母親。

姿勢を崩しながら懸命に腕を伸ばして、しかしその手は子供の背を掴めず、空だけを握っている。

（まじかよ!?）

拓夢の頭の中で、火花が弾けた。

考えるよりも先に、走り始めていた。そして走りながら、冷静に考えた。ここからでは遠すぎる。交差点を曲がって大型のバスが走り込んできている。あの位置、あの角度からでは、運転手の視界にあの子供は入らない。つまり、どうあがいても間に合わない。

その判断を意識から蹴り飛ばし、拓夢は走った。

届くはずもない手を伸ばした。

そして、いや、だからこそ、見た。

母親ではなく、拓夢でもない、また別の一本の手が、子供の襟に届いた。ぐいと引き戻し、体を入れ替えるようにして、その子供をバスの前から救い出したのを。

「あ――」

駆けながら。

手を伸ばしながら。

拓夢はその一部始終を、見たのだ。

黒い髪が、
白い肌が、
見慣れていた制服が、
――血に染まる。

6.

道端を、ボールが転がっている。

ガードレールを大きく歪めさせ、バスが歩道に乗り上げている。子供が泣きわめいている。その子を、蒼白《そうはく》な顔の母親が強く抱きしめたまま、へたりこんでいる。

そして、

「夜空先輩ッ⁉」

名を呼び、駆け寄った。

交通事故といえど、常に人の命が失われるわけではない。角度、速度、当たり所、様々な要因が噛み合えば、奇跡的に無傷のまま助かることだってある。そういう知識が、拓夢に小さな望みを抱かせた。

そして現実は、その小さな望みを、根こそぎ奪い取った。

強く打った右胸部が潰れている。全身がおかしな方向にねじれている。骨が砕け、肺や心臓などが破裂し、冗談のような量の血があふれ出している。瞳孔《どうこう》はうつろに開き、唇は凍えるように小さく震えている。

まだ、生きている。

けれど、数秒のうちに、確実に死ぬ。

「先輩ッ‼　夜空先輩――ッ⁉」

血に汚れることに構わず、というより気づきもせずに、抱き上げた。呼びかけた。返事などあるはずもないが、それでも。

ぼう、と。薄紅色の、小さな花弁《はなびら》のような光が、いくつも周囲に浮かび上がった。どこからか出現した白い包帯が、少女の体を包み込む。ねじれていた全身を、ひとの本来あるべき形に戻す。流れ続けていた血を堰《せ》き止《と》める。まぶたが閉じ、唇の震えも止まる。安らかといえる表情を象る。

「……すまんな」

いつの間に追いついていたのか、すぐ傍らからメリノエの声を聞く。

「吾には、死に顔を整えてやるくらいしか、出来ぬ」

こいつはなにを詫《わ》びているのだろう、と、半ば凍り付いた頭で拓夢は思う。

自分は何もできなかった。伸ばした手で、何も摑めなかった。

そんな自分に、誰かを咎《とが》める資格など、あるはずもないのに。

そういえば、そもそもこの閉鎖市街《せかい》に入る際に、畔倉拓夢はそのつもりだったはずだ。

寂院夜空はずっと前に失われたのだと、死んでいるのだと、その事実を受け止めるためにここに来たはずだったのだ。

だから、ある意味において、これは予定通りといってもいいことのはずで。

「先輩――ッ‼」

叫びも、ただ虚《むな》しく。

腕の中の少女は、ただ重く、そして冷たくなっていく。

カチリ、

なにかのスイッチが入った。そういう音が聞こえた。

「――――あ?」

続いて、巨大な機械音が下腹に響く。無数の歯車とカムとクランクが、一斉にその構造を変えて、違う機能のために動き出した。そういう音だった。

それが何を意味するかなど、拓夢にはすぐには考えられなかった。が、

「拓夢!」

珍しく緊迫したメリノエの声を聞いて、顔を上げた。

「すまぬが、どうやら今は嘆いている時ではない。ようやく見え始めたぞ、この船室《キャビン》の中身と、ゆらぎの正体が」

まず見えたのは、あのボール。そして、子供、母親の順。

先ほどまでそこにあったものが、そのまま揃っている。何も増えても減ってもいない。

それなのに、そう、何かがおかしい。

動いていないのだ、と気づく。

転がっていたはずのボールも、泣き出す寸前の子供も、恐怖にひきつった顔の母親も。凍り付いたように、まったく動かない。

そういえば、とても静かだ。何も聞こえない。人やら車やらが発するものだけではない、風が木の葉を揺らす音すらもが消え去っている。

ゆっくりと膨れ上がる違和感が、拓夢に冷静な思考を取り戻させた。

「使え」

手渡された黒縁眼鏡を、迷わずかける。

そもそも眼鏡とは、「光学的にピントを合わせた状態にすることで、もともと見えにくかったものを見やすいようにする」道具だ。メリノエの寄越す道具の常として、もともとのその道具の機能を超えることはない。しかし、その性能は、ちょっとばかり大げさというか、誇張されたものになる。

見える。

「これ、は……」

レンズ越しに見た周囲の世界は、あらゆるものの色彩が、消えていた。

すべてが灰色の明暗だけで彩られた、モノクロ写真めいた景色だけが広がっている。

自分の腕の中を再確認する。少女の亡骸《なきがら》もまた、同じようにすべての色を失っていた。

あんなにも鮮やかに見えていた血の赤も、今や、黒々としたナニカにしか見えない。

「成程、少し見えたぞ。目的はとかく、手段だけは理解した」

メリノエの口調は苦い。

「此処の主は、吾と話は合うかもしれんが、趣味はまるで合いそうにないな」

「メリノエ……?」

「説明はあとだ。備えろ拓夢、来るぞ」

何が、と問うまでもない。メリノエがそう言うのだから、詳しい説明をしていられないほどすぐに、何かヤバいものが来るのだろう。

拓夢は立ち上がり――なぜか腕の中には何もなく、ただ白い包帯がぱさりと地に落ちた――手を伸ばす。その手をメリノエがしっかりと摑む。

周辺に広がる景色のすべてに、短冊状の線が入ったのが見える。

その短冊が、さらに細く小さく、刻まれていく。

のっぺりとした灰色が、景色に落ちる。壊れた液晶画面のように、本来そこにあるはずの色彩を欠落させて、塗りつぶす。そして、灰色は増えていく。広がっていく。すべてを塗りつぶしていく。

「こりゃあ……」

驚いている間にも、住宅街の景色は、もうほとんどが失われていた。

「世界の組み直しが始まる。手を離すでないぞ」

そしてすべてが灰色に染まり、

穴に落ちた、と感じた。

重力の実感を奪われたことで発生する、疑似的な浮遊感。

同時に、時間の感覚が消失した。

（……これ、は）

七色の光の奔流が上下左右を埋め尽くす——と感じたのは、もちろん実際に辺りが可視光で満ちていたというわけではないだろうが。とにかくそういった現象を拓夢の脳は認識した。

全身が圧搾《あっさく》されながら無限に引き延ばされているような、異様な感覚。

痛みこそないが、それに似た不快感が全身で爆発する。

（この感覚、は）

既視感。いや違う。

追体験。いや違う。

五感が、機能を取り戻した。再びの、今度は実際の感覚を伴う浮遊感。

「ぐっ」

アスファルトとおぼしき硬質の地面に、肩から落下した。転がって衝撃を逃がす。顔から外れた眼鏡が地面に落ちる。かしゃん、氷細工が割れるような音。

「…………」

地面に転がったまま、ゆっくりと目を開いた。

背の低いコンクリート塀。年季の入った木造家屋。おんぼろのアパート。そのすぐ隣に、比較的最近に建て直されたと思しき三階建てのマンション。がらがらの月極《つきぎめ》駐車場。缶ジュースの自動販売機。チェーンの薬局の看板。

ここはもちろん、自分たちが先ほどまでいた交差点ではない。そう遠いというわけではないが、少し離れた場所。

拓夢たちがこの閉鎖市街に突入した際に、出現した座標そのままだった。

だが、違いも多い。

世界から色は奪われたままで、すべては灰色に支配されていた。動きも失われたままであるらしく、見上げれば数羽の鳥が微動だにしないまま空に張り付けられていた。

「成程な。先刻は笑ったが、冗談でなく、ここは古典ＳＦの世界であるらしい」

メリノエの声を、自分の胸元から聞く。手をつないだだけのつもりでいたが、いつの間にやらまた、強く抱きしめる姿勢になっていた。

腕をほどいて、少女を解放する。

ついでに気づく。そういえば拓夢自身の服装も、突入時に着ていた、都市迷彩作戦服に戻っている。先ほどまで眼鏡をかけていたはずの顔もしっかり、保護ゴーグルとマスクで覆われている。現地で買い替えたはずの服は、どこにもない。

「古典ＳＦ？」

メリノエは立ち上がり、軽く体操などして体をほぐしながら、答えてくる。

「最初、時間の流れがおかしくなっていると言ったろう。あれがあの時点で、５０点の正解だった。残り５０点ぶんは、読めなかったというか」

悔しげに首を振りながら、

「まあ、定番といえば定番なのだが、まさか本気で実現する者が現れるとも思っていなかったからな。思い込みを突かれた」

「からくりが、読めたのか？」

「概《おおむ》ねのところは。ケン・グリムウッドの『リプレイ』と言ってわかるか？」

沈黙をもって答える。

「……まあ、あまり良い喩《たと》えではなかったな。ちと古過ぎた。しかし近作から探そうとなると、あまりに例が多すぎて選びづらい」

「例はいいから、結論から言ってくれ。この街は——」

夜空先輩は、と言いかけたのを呑み込んで、

「——この世界は、いったいどうなってるんだ」

「時間を、巻き戻している」

拓夢の要求した通り、端的に、結論を述べられた。

それは拓夢自身も薄々感づいていたことではあったが、それでも言葉を失う。

「ある意味において疑似的に、ではあるがな。おそらくは東京消失の瞬間の、〝船室《キャビン》〟内

のありとあらゆるモノの状態を記録《セーブ》し、何らかのトリガーでそれを呼び出して上書き《オーバーライド》している。時間そのものを直接操作しているのではなく、特定の時間帯を物理的に再現しているというわけだ」

拓夢は、呆けたように口を開いて、それを聞いている。

「おそらく、これまでにも同じようなことが、幾度も繰り返されてきたのだろう。だからこそ、閉鎖市街《このまち》は、消失から長い時が経ったいまも、健在でいられる」

再び、下腹に響く、巨大な機械音。

この世界を構成している無数の歯車が、また組み替えられて、動きを再開した。ナンセンスだとは思いつつ、そう感じた。

世界に色が、動きが、音が、戻ってきた。

空の鳥が、細い声で鳴きながら、飛び去ってゆく。

「つまり……この場合の古典ＳＦってのは」

「ああ。いわゆる〝ループもの〟だ」

メリノエは頷く、

「おそらくこの街は、６月５日を、繰り返している。船室《キャビン》の外で流れる月日を無視して、ずっとな」

sequence03 時の牢獄

るーぷ【ループ】《名》
輪。輪状のもの。輪のように
同じことを繰り返す現象。

0.

ここに一人の少女がいる。

朝が来て、目を覚ましたばかりだ。

ぼんやりとした寝ぼけ眼《まなこ》のまま、首をかしげて、

「…………あれ？」

辺りを見回している。


なにかがおかしい、とその少女の本能は感じた。

「ええと……？」

少し考えて、気のせいだろうと少女は結論した。同じように訪れる朝、同じように過ごされる毎日。小さな違和感にいちいちつきあってなどいられない。

「おねえちゃん？　大丈夫？」

部屋の入り口、年の離れた妹が心配そうにこちらを見ている。「だいじょぶだいじょぶ、心配かけてごめんねぇ」と追い返す。

「…………」

何だろう。

違和感が、止まらない。

先ほどから体験しているすべてが、もう何度も何度も、いや、まるで何百回も繰り返していることであるかのように、感じられる。これを既視感という言葉で片付けていいものかどうか、判断に迷う。

「……ゆめく、ん」

なぜ今、その名前を思い出したのか。

可愛《かわい》い後輩たちの中の一人。ひとつ年下の、少年のことを想《おも》う。

まっすぐで単純で、いろいろ実力はあるのに本番に弱くて、きらきらした目で憧れの先輩のことを見てくる、そういう可愛いやつだ。放《ほう》っておけないというか、保護欲をそそるというか、そういうカテゴリの可愛いやつなのだけれども。

なぜだろう。彼に会いたいと思う。

昨日まで、毎日のように会っているはずなのに。今日は——なぜかはわからないけど——会えないかもしれない。けれど、明日以降が来れば、いくらでも会えるはず。なのになぜか、ずっと会えていなくて、これからも会えないような、そんな気がしている。わけがわからないけれど、なぜだか気が弱っている。しっかりしろ自分。

「んっ」

最後にもう一度、大きく頰を張って。

そして、寂院夜空《じゃくいんよぞら》という名のその少女は、ベッドから立ち上がった。

1.

コンビニに飛び込んだ。

新聞を一部購入がてら、「今日は何年の何月だ」と尋ねてみた。

店員は「2002年6月5日水曜日ですよ」と答えてから、少し考えて、「何世紀の未来から来たんです?」と笑いながら付け加えてきた。拓夢は愛想笑いを浮かべながら「聞かないほうがいい、時空なんちゃら官に狙われる」と返す。二人、ははは と朗らかに笑う。

コンビニを出る。頭を抱える。

「何をやっている」

「いや……マジかよと思ってな……」

2002年、6月5日。『来訪者の日』であり、東京消失事件の当日。

そして、さらにひとつ、ここに但し書きが加わった。それは、つい先ほどまで自分たちが過ごして、夕暮れを越えようとしていたはずだった日付だ。

「吾《われ》らの主観を中心としたループというわけでもなさそうだな」

歩きながら、メリノエは辺りを観察している。指で輪を作り、それを通して電信柱やら道端の草むらやら民家の物干《ものほ》し竿《ざお》やらを眺めて、うんうんと頷《うなず》いている。

民家を覗《のぞ》き込むのはやめさせた。

「なぜなら、あの女の主張によれば、ゆらぎは外の世界からでも観測ができた。ゆらぎはどうやら、周回と周回の間の継ぎ目だ。吾ら二人がここに入り込むよりも以前から、ループは繰り返されてきた」

「細けえ話は、この際いいとしてだ」

歩きながら、拓夢はうめく。

「その〝ループもの〟ってのは、普通、どういう風に解決するものなんだ？」

「ふむ？　むー、そうだな……」

メリノエはこめかみを指先で押さえてしばし考え、

「ループ一周目の直後は、事態を把握できずに混乱するだけで過ごすのがマナーか。二周目で、時間がループしているという非現実を受け入れ確信を得る。ルールの把握に動き出すのは三周目から、という型が基本形になる。美学と言ってもいい。例外は多いが、それらこそ、基礎の美しさがあってこそ輝くものだからな」

「細かいな」

「まあ、そのあたりの導入部事情は、この際吾等には関係ないとしてだ」

ならなぜ言った。

「訊《き》きたいのは、解決フェイズのセオリーについてだろう。一番よく見るのは、翌日を迎える条件を満たしていないから巻き戻っているのだという、一日《ワンデイ》ループのパターン。特別なその日が終わる前に、やらなければいけない何かの行動。逆に、防がなければならない何かの事件。見つけなければならない何かの秘密。除かなければならない何かの害悪。誰かの死を防げというのが定番だが、それ以外のパターンもないわけではない……」

指を立てて、

「ともあれ、そういった何かを特定して、実行する過程が物語になる」

「あー」

わかるような、わからないような。

「多くの場合、それは特定の個人に関係している。個人が何かに失敗し続けていて、成功するまで先に進めないというパターンが代表的だな。その場合、それが誰なのかと、何を求めているのかを突き止めれば、話は一気に解決に向かう」

「それが、なんで夜空先輩なんだよ」

「うん？」

「いや、そういうことだろ。夜空先輩が死んだら時間が巻き戻った。少なくともオレにはそう見えたぞ」

「あー……まあ、現時点では確かにそうだが、未だ情報が足りぬが故の話だ。一度の観測現象だけで思い込みの法則を語るなど、学者がやったら学会の笑いものだぞ」

メリノエはこめかみを指先で押さえる。

「確かに先程、あの小娘は死んだ。いかにもそれっぽい、引鉄《トリガー》の有力候補だ。しかし、有力候補以上のものにはなり得ない」

「そりゃ理屈だがよぉ」

「吾等とまったく関係のないところで、関係のない誰かが何かをして、それがたまたま小娘の死と同時刻だっただけという可能性もあるだろう？」

「そりゃゼロじゃねぇだろうがよ。言いだしたらきりが無《ね》えやつじゃねえか」

「その通りだ。本来きりが無いものに挑むからこそ、葛藤や苦悩が生まれる。ループものの醍醐味《だいごみ》はそこにあるわけ、だが」

少女はそこで表情を崩し、へらりとした顔で、

「今回のお主は、あまりその辺りを気にせずとも良い。なにせ、ここには吾がおるわけだからな」

「謎解きを引き受けてくれるってか？　そりゃありがたいが」

「いや。直接、答えを盗み見る」

……しばし言葉に詰まる。

「ええと？」

「吾を誰だと思っている。可愛らしいだけが取り柄のお人形ではないぞ？」

自分の顔の前で、五本の指をそれぞればらばらに動かす。

周囲を――花弁《はなびら》のような光が舞った。そしてそれらに包まれるように、いくつかの道具の影がちらつく。それは虫眼鏡《むしめがね》であったり、鋏《はさみ》であったり、金梃子《かなてこ》であったり、鳩時計《はとどけい》で

あったり、船の舵輪《だりん》であったりした。

メリノエの取り出す道具は、その道具の本来の役割の延長上で、おかしな性能を発揮する。拓夢はそれを知っている。

「……いや。わからん。何をするってんだ」

「こじあける」

にい、と不敵に笑う。

「先ほどは、干渉が間に合わなかった。名の知れたどの星系の技術体系にも属さない、異端の仕掛けだったからな。しかし次はない。現象を起こしている船室《キャビン》のシステムに直接割り込んで、からくりすべてを直接丸裸にしてやろう」

拳《こぶし》を握りしめる。道具の影が、花弁の光が、すべて弾《はじ》けて消える。

「できんのか、そんなこと」

「吾にならば、成せる。褒《ほ》め讃《たた》えても佳《よ》いのだぞ」

「あーすごいすごい」

投げやりに誉《ほ》める。

「で、やっていいコトなのか、そりゃあ」

「感じ取った限りでは、セキュリティらしいセキュリティは見当たらなかった。職場のパソコンで考えてみろ、そんなものは、ぜひハッキングして中身を見てくださいと言っているようなものだろう。なあ?」

なあ、などと同意を求められても困るのだ。

「そうじゃなくて。そういうのは、〝ループもの〟的にアリなのか？　条件を特定するまでの過程をお話として読むものなんだろ？」

「よくはない、と言いたいところではあるが」

メリノエは少しだけ考えて、

「ひとには向き不向きというものがある。そういう物語には、お主も吾も、どう考えてもミスキャストだからな。ここはひとつ、偉大なる先人たちに全力で砂をかけるつもりで、ルール違反《チート》に走ろうではないか」

胸を張って言うことだろうか、それは。

「いや、まあ。それで問題が解決するなら、オレとしちゃ文句はねぇけどよ。どっちかって言や、そのへん、お前のほうがこだわるもんじゃねぇかと」

「それもそうだが、場合によるとも」

メリノエは肩をすくめて、

「一言で〝ループもの〟と言っても、色々ある。名作も駄作もあるし、出来と関係なく趣味に合わんものもある。そして、この状況の創造者の趣味は、吾とは相容《あいい》れん。正直に読んで楽しませてもらえるとは、あまり思えんな」

「……はあ」

相変わらず、言っていることの意味はよくわからなかった。

◇

「ようこそ我がオフィスへ！　君が、話題の未来人クンだね？」

窓辺に立つ男が振り向き、大仰に両腕を広げて、歓迎の姿勢を見せた。

「受付からの連絡は聞いた。面白い話をしていたらしいではないか。何でも、この閉鎖された東京だけが、時間の流れから取り残されている、だとか？」

「ああ」

うんざりした顔で、拓夢は頷いた。


一度は通った道である。

２００２年の警察官たちをどうにか説き伏せて、ふたたび柊《ひいらぎ》豪十郎《ごうじゅうろう》のオフィスへとやってきた。


「時間が、ループしている、だと……？」

柊は眉をひそめた。

その唇の端から、煙草《たばこ》の煙があふれ出す。

「それはあれか、ラベンダーの香りがどうのというようなやつか？」

「そのそれだ。よく知っているな」

メリノエが讃えると、柊は力強く微笑《ほほえ》み、

「この職に就くまでは、まっとうにSFに憧れる、普通の文学少年だったものでね」

普通の文学少年とか言い張れるような体格《ガタイ》と面相《ツラ》かよ、と拓夢は一瞬思った。が、さすがに口にはしなかった。そもそも拓夢自身、他人にどうこう言えるような体格でも面相でもない。

「何らかの条件を満たした瞬間、船室《キャビン》の内側を構成するすべての物質要素が、6月5日当時の状態へと回帰する。この街は、そういう大仕掛けの中にある」

「……我々も、既にその術中に堕《お》ちていると？」

「残念ながら。2002年より後の記憶がないということは、当時の、まだ何も知らなかった時間帯のお主ら自身に上書きされているということだろう」

「ふむ、そう言われてしまえば反論はできないな」

記憶そのものが巻き戻されているのでは、認識改変への抵抗力を持っていたとしても関係ない。何百回何千回と、異常に気付くことすらできないまま、ふりだしに戻されることになる。そして事実、これまでずっと、そういうことになっていたのだろう。

この話はさすがにショックだったか、柊は真面目《まじめ》な顔で黙り込む。

「あー……柊サン。特大ビームのチャージって、始めてるスか？」

遠慮している場合でもない。拓夢は直截《ちょくせつ》に尋ねる。

「何の話だね」

「昨日、いやオレたちにとっての昨日ってことスけど、そういう話をしたんスよ。センジュサンのビームで障壁を内側から打ち破るって。二百時間かかるっつう見込みだという話だったんスけども」

「なる……ほど、な。どうやらその話、嘘《うそ》ではなさそうだ」

柊の表情が険しさを増す。

「私は確かに、センジュの力に頼る案を、考えてはいた。二百時間かかると見積もってもいた。だが私は、誰にもそれを話していない。つまり」

「前回の6月5日に、吾等が聞いた。そして時が巻き戻り、お主はそのことを忘れた」

「……と、証明されたことになるのか」

柊は重い息を、煙とともに吐き出す。

「やれやれ。タイムリープというものは、あれだな。読んでいるぶんには楽しいが、モブ側として体感するとややこしいものだな」

首を振る。

「となると、対策はどうしたものか」

「とりあえず、オレらは、ループ現象自体について詰めてみるス。次に巻き戻りが起きた時に、うちの相方が、ループの仕掛け自体にハッキングっぽいことをするらしいんで」

「うむ」

メリノエがピースサインを作って頷く。

「ほう。驚いたな、そんな芸当が可能なのか」

「そス。うまくいけばループの起きる条件を特定できる。そこからどうにか、リセットされない連続した八日間以上を稼げれば、柊サンたちのビームが撃てるわけスから」

「確かに、道理ではあるな」

柊は眉を寄せ、しばし考えてから、

「他案は思いつかない。どうやら、その手でいくしかなさそうだ。捜査課の動ける者には情報を集めさせる。私は一応チャージに入っておこう。そして、今回の周回《ループ》で決着がつかなかった場合の話だが……」

小さな紙きれを取り出し、裏にペンを走らせる。

突きつけてくる。いくつもの数字が並んでいる。

「覚えたか？」

「はあ、まあ」

「よし」

その紙に火をつけ、灰皿に放る。見る間に灰になる。

柊は、また新たな煙草に火をつける。天井を見上げ、

「優先度最大の案件でしか使われない、緊急回線だ。私のところに直通で繋《つな》がる。合言葉は要求するが、コードブックの７９Ｄで答えてくれたまえ。君たちの時代にも、同じもの

を使っているのだろう？」

「あー……了解ス」

なるほど、と思う。そのやり方ならば、柊がこの会話の全てを忘れた後からでも、こちらの身元を証明したうえで、再度会話の場を作り出せる。

◇

「柊サン、話が早くて助かったな」

「そうだな。自分で体験するわけでもないタイムリープなど、理屈だけで受け入れられるものではないだろうに」

一日程度で時間が巻き戻るというのは、その世界に生きる者にとっては、一日程度で目の前の世界が終わるということに等しい。それは、「今ここにいる自分には、記憶の連続する明日は来ないのだ」という絶望を内包する。

ほとんど死刑宣告そのものだ。

だというのに、彼は多少当惑しただけで、すぐにこれから何をするかの話に切り替えた。

自分の記憶がまた消えることをただの前提条件だとして、その後のことについて提案をしてきた。

誰にでもできることではない。

そして、そういう人物が味方であるということを、ありがたく思う。

「時間に余裕がありゃ、世間話で盛り上がりたいとこでもあったんだけどな。廿六木《とどろき》サンの昔の話とかさ……」

そんなことをぼやきながら、手元の無線通信端末《PHS》をぽちぽちいじる。

連絡手段を持っておけと、柊から渡されたものだ。捜査課支給とはいえ、おかしな改造がされているということもなさそうだ。機能的には、市販のものと変わらない。

そういえば、少年時代には、携帯電話とPHSで何が違うのか、ピンときていなかったような気がする。見た目も機能も同じようなものじゃないか、なんでいちいち呼び分けるんだ、どっちかが登録商標だったりするのか、そんなことを考えたりもしていた。

「そろそろ前を見ろ、拓夢。歩きPHS《ピッチ》は危険だろう、誰かを轢《ひ》いたらどうするつもりだ」

「轢く側かよ、オレは」

車両扱いされることに不満はあるが、体格的に、指摘自体はまっとうだ。拓夢はPHSをポケットに突っ込んで、顔をあげる。

ふと、足を止める。

振り返る。今来たばかりの道、捜査課本部の方角を見る。

「どうした?」

「いや、どうってこたねえんだが……ひとつ、思い出した」

「何をだ」

鼻の下を指でこする。

「柊サンが、めちゃくちゃ吸ってたあの煙草」

調停者という名のトラブルシューターを続けてきた中で、拓夢は、いろいろな来訪者犯罪に関わってきた。クーハバインの一件のように直接来訪者犯罪者を捕縛することもあるし、そうではなく、間接的に来訪者が関わった悪事を潰しにいくようなこともある。

たとえば、禁制の密輸品の取り締まりだ。

「確か……Cランククらいの流通規制品だ。銘柄までは、ちと思い出せねえが」

「ほう?」

「柊サン、体をどっか、やっちまってんのかね」

異星由来の薬物は、地球由来のものとはまったく違う効力を持つ。一般に流通できないような薬剤でも、それが必要となれば、調停者に対して処方されることはある。

拓夢自身も、以前にヘマをやらかした時に、異星由来の薬剤の投与で命を繋いだことがある。同じように、体質的な問題などで柊豪十郎という捜査員が必要としているというなら、流通規制品の煙草が支給されることもあるだろう。

「気になるか?」

「いや。詮索したいってわけじゃねえよ、ただ気になっただけ――っと」

通行人とぶつかりかけた。

駅が近くなれば、人通りも増える。拓夢ほどの体格の主が意味もなく立ち止まっていると、露骨に通行の邪魔になる。

「さて、どうする」

交差点そば。メリノエがくるりと身を翻す。

「次のループが起きれば、吾がゆらぎを捕まえる。あるいは柊らが手掛かりを摑《つか》むのを待ってもよい。いずれにせよ、今この時に吾らの挑むべき仕事はない」

顔を覗き込むように、尋ねてくる。

「どのように無聊《ぶりょう》を潰す。また、思い出巡りの続きでもするか？」

「そいつも魅力的ではあるがよ」

この街には、思い出が詰まっている。昨日（日付は同じだが）の一日をかけて歩き回った程度では、とても浸りきれた気がしない。

けれど、

「なんか、妙に落ち着かねえんだよな……」

「ふむ？」

「具体的に何が、って言われると困るんだけどよ。見てきたことと聞いたこととが、オレの中でいまいち嚙《か》み合いが悪いっつうか……ぞわぞわするんだよ」

「野生の勘というやつか」

「オレは文明人だ！」

深く頷くメリノエを一喝して、

「まあ、そんなわけでだな。今日は、少し乱暴な手も使おうと思うんだが、どうだ」

西の空を眺めながら、言う。

「……ほお？　成程《なるほど》な？」

同じ方向を見上げて、メリノエが笑う。

2.

「このへんが限界か」

渋谷《しぶや》から、少し歩いた。

目黒川を越えるか越えないかの辺りで、立ち止まる。

これ以上先には、行けそうにない。船室《キャビン》のメカニズムを改造したらしい謎機構によって、どれだけ意識していても、気付かないうちに方向転換させられてしまう。仮に徒歩ではなく、車や電車を使っていたとしても、状況は同じだったはずだ。

そしてもちろん、辺りに他の人間の姿はない。本来このあたりに住んでいたり働いていたりしている人々は、それぞれに無意識のまま、閉鎖市街の内側のほうに追い払われているのだろう。

ここが、この巨大船室《キャビン》の中で外壁に近づこうとしたときの、限界到達点。

「ほれ」

何も言わずとも、やろうとしていたことを察してくれたらしい。流線的なフォルムを持った大型拳銃を、メリノエから手渡された。受け取る。

そもそも拳銃とは、〝なにかを破壊する〟ために、人類が生み出した装備である。メリノエが夢から取り出したそれは、拳銃という形状が持つその役割を、ちょっとおかしな規模にまで拡大した形で実現する。

「サンキュ」

ずしりとしたその重みを手のひらに感じつつ、彼方《かなた》の空を見る。

異常は何もない、ように思える。

何の変哲もない青空が広がっている、ように見える。

平和な街並みが続いている、ように感じられる。もちろん、実際にはそんなことはありえない。すべては欺瞞《ぎまん》の景色でしかないはずなのだが。

「船室《キャビン》の内側からじゃ、基本的に誰も、境界線たる壁に対して違和感は抱けない。異常などない、世界はいつも通りだ、そう認識してしまう」

弾丸を込め、構える。狙いは水平よりやや上、西方の虚空。

安全装置を外し、指を引鉄にかける。

「――だがそれでも、そこに壁があるという事実に変わりはない」

深呼吸して、心拍を整えて、そして、

撃つ。

一筋の光条が放たれる。

らせん状の蒸気帯《ヴェイパートレイル》を曳《ひ》き、刺すようなイオン臭《しゅう》を撒《ま》き散《ち》らしながら、光条は空に吸い込まれて消え——なかった。何もなかったはずの虚空、青空にしか見えていなかった場所で、それは、何かに着弾した。

光が弾ける。

その一瞬、まるで迷彩が剝げるようにして、青空の下に隠れていたものが、『なにもない』を偽装していた塗料が剝げ落ち、金属質な光沢をもつ、紫色の壁が姿を現した。

「お」

おそらくは自己修復的な機能があるのだろう、すぐに周辺の青空がふくらみ、壁を覆い隠す。ほんの数秒ほどで、青空はそれまで通り、『なにもない』かのような装いを取り戻した。

——いや。

よく見れば、かすかに、焦げた跡のようなものが残っている。予《あらかじ》めそうと知っていなければ、目にゴミでも入ったとしか思えないくらいに、小さな痕跡《こんせき》だが。

「いいね」

拓夢は獰猛《どうもう》に笑う。

もう一発を放ってみる。先ほどの場所のすぐ隣に着弾し、同じような傷を作る。

「ふむ」

すぐ隣、メリノエが目を細めて、

「色々な意味で狙いは良かったが、ちと、火力が足りておらんな」

「……だな」

銃を下ろす。こちらの残弾も無限というわけではない。そして、ひっかき傷を増やしたところで、それで壁に穴が空くわけでもない。

それでもまあ、収穫はあったと言っていいだろう。

あの壁は非常に強靭《きょうじん》だが、完全に理不尽というほどではないらしいと知れた。強力な力をもってあたれば、手が届くし傷もつけられる。あとは、こちらの用意できる火力の問題だ。そしてこちらには、柊豪十郎およびドルンセンジュという、強力な火力のアテがあるのだ――


――背後七時方向、危険の気配。


「拓夢！」

「おう！」

警告を聞いた時には、もう体が動いている。身を投げ出す。高速の何かが、すぐ傍《かたわ》らを通り過ぎていったのを感じる。

街路樹の陰から、襲撃者の姿を確認する。

最初に目に入ったのは、滑《ぬめ》りを帯びた暗灰色と青緑の斑模様。続いて、蜥蜴《とかげ》に似た四肢の形状。そして、背にあたるはずの部分から生えた、幾条かの触手めいた器官。

つまりは、本来地球上で見ることなどなさそうな、異形の何かである。

「ははっ、こいつぁいい！」

握っていた銃をメリノエに投げ返し、外から持ち込んだマルチシリンダーを抜き放つ。

コルト・ガバメントによく似た、しかし、まるで違う機構を内蔵した装置。生体の破壊ではなく、制圧を目的に造られた専用兵器。

「お客さんまで釣れるとはな！　どうやらオレらは、ちゃんと誰かに喧嘩《けんか》を売れてるらしいぜ！」

襲撃者が跳ねた。１０メートル近い距離が見る間に詰められる。拓夢は転がるようにしてその突進を回避し、すれ違いざまに引金を引いた。放たれた拘束弾は、しかし惜しいところで襲撃者を捕らえ損ねる。アスファルトに小さな穴が穿《うが》たれる。

「いきなり乱暴だな、挨拶くらいしようぜ文明人らしくよ！」

ついでに軽口も投げるが、これまた届いている気がしない。

無言のまま、異形の触手がしなり、襲ってくる。手近な路地に飛び込んで避ける。触手は拓夢ではなく、遮蔽《しゃへい》となったビルを捕らえる。

破壊音。

ガラスが割れ、コンクリートが飛び散る。

（やべぇ威力だな、オイ！）

軽口を声に出すだけの余裕もない。

その破片が宙を舞っている向こう側、集中力によって引き延ばされた時間の中、拓夢は見る。異形が口を――おそらくは口であろう位置にある筒状の穴を――大きく開いている。ぬらりと水気を帯びた赫《あか》と、その奥に潜む黒々とした何かが見える。

「っとぉ！」

直感に身を任せ、拓夢は遮蔽から飛び出した。その直後に、何かが、一秒前まで拓夢がいた場所を、建物ごと貫いた。

破壊された水道管から、大量の水があふれ出す。頭からびしょ濡《ぬ》れになりながら、拓夢は今の現象を推測する。破壊痕に焦げなどは見当たらない。熱線の類いではなく、実体を持った何かが撃ち出されている。質量と速度が馬鹿げていて、それがどうやら生身から放たれているという点が非常識なだけで、原理としては銃弾や砲弾と変わらないはず。

（――自分の骨片を体内で超加速して撃ち出している、か？）

そんなところだろう、と思う。

もっとも、推測できたところであまり現状打開の役には立ちそうにない。このまま撃たせ続ければ弱体化が狙えるのかもしれないが、相手にその時の備えがないと決めつけるのも危険だし、そもそもそのぶん街が壊れていく。

「あんまり暴れんなよ、地域住民にご迷惑だろ！」
どうやらこいつは、街への被害を考えていない。
ということは、やはり、あれか。ループのことを知っていて、どうせ元に戻るんだから
いくら壊しても構わないと、そう考えるような奴が後ろにいるのだろうか。
気にはなったが、今はそれを追及していられる時でもない。続けざまに三度、銃《シリンダー》の引
鉄を引く。ひとつが着弾。拘束弾は襲撃者の背部を穿つ。相手の体がよほど特殊な構造を
してでもいなければ、これで強制的に麻痺《まひ》状態に陥らせられる、はずだった。
触手がしなり、自分自身の背の一部、たった今光が焦がした部分を切り飛ばす。
「うげ」
まるで毒への対処法のようだが、この場合は正解だ。原理こそ違うが、拘束弾の働きは
麻酔薬に似ている。つまり、肉でつながっていない場所にまで麻痺の効果は及ばない。
「まじかよ……きついな」
拓夢は走る。
その背を追うように、襲撃者が矢継ぎ早に、攻撃を繰り出す。口蓋から吐き出す不可視
の何か、触手自体の叩《たた》きつけ、そして強靭な体軀《たいく》をそのままぶつけてくる突進。拓夢がそ
れらを回避するたびに、街が傷つく。
路地を駆ける。
無人のコンビニに飛び込み、棚の陰で息を整える。遮蔽を無視して攻撃してくるあの砲

弾（？）は、幸いなことに、連射はできないようだ。距離をとったうえで、視線の通らないところにこもれば、多少は時間の猶予が得られる。

ひょい、とすぐ横からメリノエが顔を出してくる。汗ひとつかいていない。

「何が要る？」

尋ねられ、少し考える。

「何が効くかわからん。いろいろくれ」

「難しい注文をする」

差し出された拓夢の手のひらに、メリノエは十に近い数の弾丸を落とす。

「サンキュ」

どれが何なのかを確認している余裕もない。順序も考えず、片端からカートリッジに突っ込む。駆けだす。コンビニの窓が、商品棚が、砲撃を受けてはじけ飛ぶ。飛散する雑誌とスナック菓子を掻《か》い潜《くぐ》り、飛び出す。

発砲音三度。

放たれた銃弾は、いずれも狙い過たず、標的の体にそれぞれ小さな穴を穿つ。

そしてそこから、三様の何かがあふれ出す。

ひとつは紫電、標的の動きを電気ショックで制しようとする。

効かない。

ひとつは淡い緑色のガス。着弾点の傷から直接体内に浸透し、標的を酩酊《めいてい》状態にしようとする。

効かない。

最後のひとつは、赤色の茨。標的の全身にからみついて、物理的に縛る。

これは——有効だった。四肢を封じられ、襲撃者は転倒する。強引に茨を引きちぎろうともがくが、動きを阻害された後からでは、そもそも力をうまく込めることすら難しい。

「うっし」

油断はしない。銃《シリンダー》を構えたまま、慎重に距離を詰める。

「あー……そこの君。傷害未遂とか器物破損とそのほか色々、つうか来訪者滞在法違犯の現行犯だな、まあそんな感じで逮捕するから所属と氏名と来訪者ＩＤを申告——」

足を止める。

どろり、と——蜥蜴のようだったその輪郭が、崩れる。

「んなっ」

雨を浴びた泥人形のようだった。拓夢が驚愕《きょうがく》している数秒の間に、形らしい形をすべて失い、後には獲物を失った茨の束と、土くれのような塊だけが残る。

「や、殺《や》っちまっ……たのか……？」

「いや」

ひょっこり顔をだしたメリノエが、まるで警戒のない足取りで塊に近づき、しゃがみこむ。指先を塊につっこみ、クリームか何かのようにすくいとると、鼻を近づけてくんくんと嗅ぐ。

「ふむ、やはりな」

「何がだ」

拓夢へと振り返り、

「作りものだ、これは」

「……あん？」

「厳密に〝生命とは何か〟を定義しようとするとややこしいがな、少なくとも、いわゆる来訪者の枠に収まるような類いの存在ではない。近い言葉で言い表すなら、まあ……自律型のロボットとでも言うかな」

「機械なのか？　あれが？」

「あくまでも近い言葉で言えば、の話だがな。しかし……」

メリノエは立ち上がる。

「技術としては、そう珍しいものでもない。誰にどこからどう持ち込まれたものかは、判断がつけられないな」

「誰が差し向けてきたかの手がかりにはならない、ってことか？」

「そういうことだ」

メリノエは軽く手を振って泥を払うと、拓夢の隣まで戻ってくる。

「さて、どうする。まだここで何か調べるか？」

「……いや」

銃《シリンダー》を懐《ふところ》に戻す。

船室《キャビン》の外壁、あの紫色の壁の隠れている側を、一度ちらりと見て。

その逆方向。閉鎖市街の内側を、拓夢は睨《にら》みつける。

「何《なん》つうか、色々わかったようなわからんようなで、まとまんねぇ。少し落ち着いたところに行きたい」

「ほう?」

楽しそうに、メリノエは表情を輝かせる。

「拓夢先生の推理劇場だな。それは楽しみだ、甘いものでも摂《と》りつつ、たっぷり聞かせてもらうとしよう」

「まだ食う気か……」

「奇異なことを言う。吾がいつ甘味を口にしたと?」

「いや、昨日めちゃくちゃ食いまくってただろうが金がなかったってのに」

「ははは、忘れたか、世界は巻き戻っているのだぞ」

メリノエは立てた指をちちちと左右に振る。

「巻き戻った、即《すなわ》ち、お主の言う『昨日』は丸ごと無かったことになっている。この閉鎖された東京において、吾はまだ、一度も甘味に触れていないのだ。福利厚生の大切さが叫ばれる昨今、許されてはならない事態だと思わぬか?」

「……お前もしかして、この状況、思いっきり楽しんでないか？」

「否定はせぬよ」

にひひと意地悪く笑う。

まあ、仕方がない。こいつは、こういうやつだ。

拓夢はいろいろと諦めたような心地で、溜《た》め息を吐く。

「わかったから、せめて、その手は洗ってこい」

ぼろぼろになった街並みの中、何ヶ所か、壊れた水道管から水が噴き出している。その中のひとつを指さす。

「石鹸《せっけん》も使えよ。きれいにしてこないと、何も食わせんからな」

「うむ」

上機嫌で頷くと、メリノエは駆けていく。

その背を見ながら、拓夢はもう一度、重い息を吐く。

3.

――この地に来てからの違和感は、いくつもある。

その中の最新のひとつ、先ほどの襲撃について、考える。

あの蜥蜴は、壁に対して攻撃を加えた自分たちの、背後から現れた。

あの蜥蜴は、一匹だけで現れた。しばらくの戦闘の間、増援もなかった。そこを離れた後の追撃もなかった。

あの蜥蜴は、周りの建築物が傷つくのに構わず、自分たちの命を狙ってきた。

あの蜥蜴は、自律型のロボットのようなものだという。つまり、何者かの命令によってそのような行動に出たはずだ。


素直に考えれば、あれは、船室《キャビン》の外壁を守るために配置された護衛戦力だということになるだろう。だから、壁を壊そうとした者たちを襲ってきたのだと。

しかし、その推測には粗がある。

奴《やつ》は壁の方角ではなく、街中のほうから現れた。しかも一体きりだった。これはどうにも不自然だ。加えて、閉鎖市街の外周は３０キロメートルを軽く超える。その護衛としてあの蜥蜴がいたというなら、それこそ百単位の数が配備されていたはず。なのになぜ奴は単体で現れ、そして援軍は来なかったのか。

あれは、番犬ではなかった……と考えるべきなのだろうか。

あれは、猟犬だったのだ……と考えれば、どうだろうか。どこからか放たれたそれが、ずっと自分たちを追うなり見張るなりしていた。そして、戦闘のしやすいあの場所で襲ってきた、とか。筋が通っているようにも思えたが、誰がどのタイミングでその猟犬を放ったんだと考えると、うまい答えが見つからない。

「…………苦手なんだよな、こういうの」

公園の、ベンチに腰掛ける。

テイクアウトで購入してきた軽食の包みを開きつつ、拓夢はぼやく。

「敵の正体を見極めろってのはさ、作戦立案本部の仕事であって、現場がファジィに判断しちゃまずいものだろ。特撮ヒーローじゃねぇんだからさ」

「しかし、まさにその仕事を期待されて、ここにいるわけだろう」

シュガーパウダーたっぷりのドーナツを口に運びつつ、隣に座るメリノエは言う。

「状況のわからない敵地に単騎で放り出されて、」もぐもぐ『どうにかしろ』などという任務、」もぐもぐ「現場のファジィな判断を大前提にしなければ成立せんぞ」

「わぁってるよ。わぁってるから、愚痴ってんだよ」

そうでなきゃとっくに投げ出してんだよ、と――ぼやきながら、拓夢は粽《ちまき》を食べ始める。

濃い味付けが、疲れた体に染みる。

「お主の本領発揮といったところだな」

ふふふと笑いながら、メリノエはふたつめのドーナツを摑んで、あんぐりと口を大きく開く。かぶりつく。

「何の話だよ」

「どういう状況であれ、お主が状況に手を抜くことはないからな」もぐもぐ「目前の難題に全力で向き合っている時にこそ、愚痴がこぼれる」

「……ちっ」

付き合いの長い相棒というものは、こういう時に困る。返す言葉がない。

「食うか喋《しゃべ》るか、どっちか片方にしろ。行儀が悪いだろう」

ささやかな反撃のつもりで小言を飛ばす。

「うむ、確かに」

メリノエは素直に頷いて、そこからは無言でドーナツにかじりつく。

「いや、そっちを選ぶんかい」

返事はない。宣言通りに喋るのを放棄し、食事に専念している。

見ているほうが胸やけしそうなドーナツの山が、見る間に消えていく。

本物の少女が相手であればカロリーがどうの栄養のバランスがどうのと説教を始めたくなる状況だが、なにせこいつは異星の者だ、体組成からして人間と違うはずのモノに対して、健康を気遣ってもしょうがない。

拓夢は黙って、自分の食事を片付ける。

「柊に報告はしたのか、先の戦闘のことを」

「ああ」

ＰＨＳを収めたポケットを軽く叩く。

「カヴァイド文化圏あたりの傭兵《ようへい》機械だろうとか言ってた。めったに見るもんじゃないけど、たまに地球にも持ち込まれるんだと」

つまり、こちらの予想とほぼ同じ。ほとんど情報なしに等しい。

「現場も調べておくだとさ。あまり期待するなとも言われたが」

「まあ、そうであろうな。並の捜査員では、外壁近くまで近づくことも難しかろう」

のんびりとした声を、交わし合う。

空が青くて、緑は鮮やかで。そういうところは今も昔も変わらなくて。まるで呑気《のんき》なピクニックのような、そんな時間が流れて。

「ふわ……あ」

メリノエがあくびをした。

「眠いか?」

「そう、だな……」

そういえば、である。すっかり時間の感覚がおかしくなっていたが、この閉鎖市街に突入してきてから、拓夢の主観で流れた時間はおよそ二十時間強。

その程度の連続活動で悲鳴をあげるほどヤワな鍛え方はしていない——のだが、それはあくまで拓夢だけの話。同じ時間を活動していたメリノエは、彼女独自の理由で、かなり消耗しているはずだった。

「急ぎの用事はねぇんだ。少し、寝てけ」

拓夢はそう言って、ベンチを軽く叩いた。

「いいのか？　吾の意識が消えていては……」

「心配すんな、今はこの通り、現地調達の装備しか着てねぇし」

メリノエの取り出す装備は、メリノエが眠ってしまうと消えてなくなる。そういうリスクがある。つまり、突入直後の（彼女が出した）作戦装備のままだったなら、いろいろまずいことになっていただろう。

「休むのも仕事のうちだ。何かあったら遠慮なく叩き起こしてやるしな」

「……うむ。悪いが、膝を借りるぞ」

最後のドーナツを口の中に押し込み、手の汚れをナプキンで綺麗《きれい》に拭うと、メリノエは拓夢の膝に頭を落としてきた。

軽く身をよじり、こめかみを乗せるベストポジションを探す。

「相変わらず、肉が固いな」

既に夢の中にいるかのような、ぼんやりとした呟《つぶや》き。

「鍛えてんだよ仕方ないだろ」

「悪いとは言っていないだろう。この固さは、お主の意地と意志の証だ。とても好ましいと思っている、ぞ――」

言葉の後半は、ほとんど寝息も同然だった。

そして数秒も経《た》たないうちに、本物の寝息が聞こえ始めた。

サックの中に収めていた着替えが、無数の花弁にほどけて、消える。それを見て、メリノエが確かに眠りに入ったのだと知る。

『夢から様々な道具を取り出す』

そういう体裁で、人智《じんち》を超え――る寸前ギリギリの、どうにか人間の理解の範疇《はんちゅう》に留《とど》まる超現象を起こす。メリノエはそういう能力を持った来訪者だ。

ここで彼女の言う「夢」は、もちろん厳密には、地球人にとっての「夢」と同じものではないだろう。しかしいちおう、似通ったものではあるらしい。

眠りの中で見るもの。現実ではないもの。

時間と空間のすべてがぐちゃぐちゃになった、記憶と感覚のマーブル模様。そういった言葉で表現される、意味不明の感覚。その感覚を通してのみ観測される、不可思議な何か。

それだから、なのか。

メリノエは、よく眠る。

夢から取り出した力を、夢の中で蓄え直そうとでもいうように。いつも睡魔に抗っていて、そして時には屈する。

小さく弱い道具を出すぶんには、その負担は大したことがない。それこそ銃《シリンダー》に込める特殊弾をいくつか取り出す程度では、あくびを漏らす程度で済む。しかし、強力で非常識な道具を取り出せばそれだけ、眠気が溜《た》まる。長時間維持するとなれば、なおさらのこと。

「ふむ」

寝顔を見下ろしている。

喋らなければ、そして動かなければ、こいつの容姿はとても整っている。

いつも落ち着きなく表情をころころと変えている顔が、今はまったく動かない。そのまま宗教画にできそうなほど安らかで、枕を信頼しきっているのが見てわかる。むかつくが、こんな顔をされれば応えるしかない。枕の役割を務め切ってやろうと思える。

少し風が吹いて、メリノエの前髪を乱す。指先で整えてやる。

と、

「ふわ……ぁ……」

拓夢の口から、不意に、大きなあくびが漏れた。あわてて手のひらで押さえる。

（……やべぇ）

起きているつもりだったのに。緊張感を保ち続けるはずだったのに。

それなりに疲れていた。メリノエの眠気が伝染した。それらに加えて、この穏やかな気候と雰囲気が、決定的な後押しをした。

強い眠気を自覚したのと、ほとんど同時に。

拓夢もまた、落ちるように、浅い眠りの中へと誘《いざな》われていた――

◇

懐かしい夢を見た。

拓夢にとって初めてのデート、になるはずだった日、の思い出だ。

始まりは、よくある話だった。

好きなアクション映画の続編が公開されると聞いて、拓夢少年は気分を上げていた。しかし彼の友人たちは誰も、その喜びに付き合ってくれなかった。

仕方がない、一人で見に行くかと諦めかけていた彼の前に、ひょっこりと、やはり同じ映画を楽しみにしている女の子が現れた。一人ずつで行くのもなんだし、二人で一緒に見に行こうとなったのだ。

約束をしたその夜に、拓夢は気づいた。

——これはデートなのでは？

バカである。

もっと早く気づけという話である。

しかし彼は真剣だった。年若い男女で連れ立ってのお出かけだと気づき、総毛立った。

失敗してはいけない、彼女につまらない思いをさせてはいけない、そんな感じのことで頭がいっぱいになった。頭をいっぱいにして、私服やら髪型やらをキメにキメた状態で、当日を迎えた。

そしてオチは、最初に語られた通りだ。彼はそのデートを、見事にすっぽかされた。待ち合わせの時間になっても、彼女は来なかった。上映開始時間になっても、終わりの時間になっても、彼女は来なかった。

ロビーに立ち尽くした。あまり見ないメーカーの自動販売機がすぐそばにあったので、ジュースやコーヒーやドリンク剤を端からひとつずつ飲み始めた。どれもひどい味だったが、なんだかんだで一列を制覇してしまった。

少年は携帯電話の類いを持っていなかったし、少女もまた同様だった。だから少年は、少女の身に何が起きたのかを知る術がなかった。ただ、待ち合わせの場所に、缶やら小瓶やらを手に、立ち続けた。

六時間近く遅刻して、少女は来た。

全力で走ってきたのだろう。髪はぼさぼさで、顔は真っ赤だった。たぶんおしゃれに決められていたはずの私服も、ぐちゃぐちゃに乱れていた。

『ご、ごめ、な、さ、……』

少女はたぶん、弁明しようとしたのだと思う。けれど、全力疾走で荒れた喉からは、まともな声が出せなかった。それでもどうにか息を絞り出そうとして、できなくて、苦悶《くもん》に表情を歪《ゆが》めた。

拓夢は、そんな彼女の前に、百十円のスポーツドリンクを差し出した。傍らの自動販売機で売っていた中で、比較的まともな味をしていたやつだ。

そして——何か声をかけた。何と声をかけたかを、拓夢本人は覚えていない。

それを聞いて、自責と申し訳なさでぐちゃぐちゃになっていた少女が、笑った。笑ってくれた。拓夢は、そのことを、とてもよく覚えている。

彼女が美人だとはわかっていたし、素敵な人だとも理解していたし、惹《ひ》かれていること自覚していた。尊敬はしていたし、尊重もしていた。そのあたりまでは自明だった。

それらすべてが吹き飛んだ。

——ああ、
恋をすれば世界を見る目が変わる、などと、少女漫画などで古くからよく言われてきたものだ。それが事実なのだと、拓夢はその時、初めて知った。

——オレ、この女性《ひと》のこと、好きなんだな。


これが、その日に映画館で起きたことの、ほぼすべてである。

大したエピソードがあるわけじゃない。後の拓夢はそう語った。これは事実だ。少なくとも拓夢にとっては、その日に起きたことはそれが全てだったのだから。

◇

目を開いた。

やっちまった、と思った。

メリノエだけを休ませ、自分は周囲を警戒しているつもりだった。しかし、どうやら自覚していた以上に疲れていたらしい。気づけばすっかり寝入ってしまっていた。

（しかも、ずいぶんと懐かしい夢まで見ちまった）

「おい」

膝を揺らす。膝の上に置かれていた小さな頭も揺れる。

「起きろ、雨が降る」

「む？　むう……」

メリノエが、小さく身をよじる。

「うむ……」

開ききらない目で周りを見回し、やや斜め上をぼんやりと眺め、

「……ああ。そうか。ここか」

まだ完全には目が覚めていないようだ、と思う。

「なんだ、胡蝶《こちょう》の夢でも見てたのか？」

「いや」

特大のあくびをしながら、のっそりと身を起こす。まぶたの上から目をこする。

「それはいま見ている」

奇妙な言い回しだと思った。

こいつは、あまり寝起きに強いほうではない。寝ぼけてよくわからないことを言い出すのは、いつものことだ。そしていつもと同じように、数分もすれば意識がはっきりして、平時のこいつに戻るだろう。


それから少し歩いた。

特に収穫は、なかった。

4.

冷たいものが、頬に落ちてきた。

と思った次の瞬間には、大粒の雨が、怒濤《どとう》のように降り注いできた。

全身ずぶぬれになる前に、なんとか、屋根のあるショッピングモールに逃げ込んだ。

ばらたたたたたたた。

雨粒が屋根を叩く大きな音を全身で感じながら、自販機のコーヒーを喉に流し込む。

「……そういや、この時間には派手に降るんだよな、忘れてた」

「前の周回の知識で賢く立ち回る、ループものの基本であろうが。情けない」

「何でオレ一人が悪いことになってんのかね？」

舌がコーヒーの苦みを感じれば、それだけで眠気は薄れる。カフェインが効いたというよりは、毎朝飲み続けているうちに、そのように体が条件付けされていただけだが。

「それで、ここからどう動く？」

やたらと甘そうな缶のミルクセーキを飲み干しながら、メリノエが訊いてくる。

「そろそろ、〝昨日〟の例の時間が近いが」

「そうだな」

時計を確認する。既に午後の7時を回っている。

「同じ時間に、また巻き戻りが起きると思うか？」

「現時点では何とも言えぬがな、可能性はそれなりにあるだろう」

拓夢はタイムループというものをよく知らない。聞いた話でしか把握していない。だから、そう言われれば、そういうものかと納得するしかない。

「解析するんだろ？　下準備とかは要らないのか？」

「もう済んでいる。後はただ、その時が来るのを待つだけだ」

「そうか……」

頭を掻く。

「どうせ巻き戻るってんなら、あんま意味はないのかもだけどよ」

「うむ」

「自己満足に、付き合ってもらっていいか?」

「うむ」

メリノエは、空っぽの空き缶を、錆《さび》の浮いたくずかごに放り込む。

「わざわざ尋ねるあたり、お主もまだまだ、自分がわかっておらぬな」

「あ?」

「間に合わなかった過去に、届かないことなど百も承知で、それでも手を伸ばさずにはいられない――今のお主はとても人らしく、そして畔倉拓夢《あぜくらたくむ》らしいのだ」

くすくすと笑う。

「ならば、吾が異を唱えるはずもなかろう。嫌と言われても、隣で支えるのみだ」

「……そうか。まあ、お前はそうだよな」

「うむ。吾はそうなのだ」

二人、並んで歩き出す。

ショッピングモールの屋根を叩く雨音が、弱まっていく。雨が上がる。

さて、目的地はもちろん、あの交差点である。

その少し手前で、拓夢は足を止めた。そのまま体を、交差点からは死角となる暗がりにねじ込む。

「……こら」

メリノエが、咎《とが》めるような声を出した。

「何だ？」

小声で答えた。

「何をしている？」

「見ればわかるだろ」

身を小さく屈め、電信柱の陰に隠しながら、拓夢は胸を張った。

「〝昨日〟と同じアプローチじゃ進展がねえからな。やり方を変えるんだよ。これで何かの展開が変われば、ループのルールのヒントになるかもだしな」

「それっぽいことを言ってはいるが、今のお主は、傍《はた》から見ればただの変質者だぞ」

「………」

言われてみれば、確かに。そんな気もする。

「そもそも、まるで隠れられておらんしな」

それも確かに。拓夢の体格に比べて、電信柱というやつは、あまりにも細すぎる。

調停者としての免状を取得する際に、簡単な潜伏技術についても訓練は受けている。その身の屈め方は、素人《しろうと》のものではない。しかしそのせいで、余計に怪しい姿を晒《さら》すことになっている。

「疚《やま》しいことはないのだ、堂々と出ていけばよかろうに」

「いや、それはだな」

確かに、「疚しい」と言い切れるような事情があるわけではないのだが、それとは別に、顔を見られたくないという気持ちはあるのだ。

〝昨日〟、手ひどく失敗してしまったから。あの寂院夜空の前に、この、おじさんになってしまった畔倉拓夢が顔を晒すという行為に、抵抗がある。

もちろん、当の夜空は〝昨日〟のことなど、覚えていないだろう。顔を合わせたところで、「かわいい後輩を名乗る怪しいおじさん」扱いはされないだろう。初対面の反応しかされないはずなのだが……それはそれで、なんというか、やりきれない。

そんな難しくも面倒なおじさん心が、拓夢を、電信柱の陰に潜ませる。

「知っているか？　この国におけるストーカー規制法の制定はちょうど２０００年、つまりこの世界でも、つきまとい行為はきっちり犯罪認定されているのだぞ」

「何でそんなことに詳しいんだよ、お前――」

拓夢は口を閉じた。

すぐ目の前を、黒髪の少女の姿が横切って、交差点へと向かう。

赤信号を前に、立ち止まる。

「――先輩」

小声で、呟く。

10メートル近い距離。やや斜め後ろからの、横顔を見つめる。

生きている。動いている。

体感半日ほど前に、その死を看取《みと》ったばかりの相手だ。時間が戻ったと聞いてはいても、こうして無事な姿を見ると、やはり安心する。そして、

「やっぱり美人だなあ……」

惚《ほ》れた弱みの色眼鏡《いろめがね》かもしれないが、構うものか。寂院夜空は畔倉拓夢にとって、世界一の美女である。その事実は長い時を経ても、年の差が開いてしまっても、まるで揺らいでいないのだ。

「やはり、通報してしまったほうがよい気がしてくるな」

「う、うるせえ、これはあれだ、純愛なんだよ」

「出てくる言い訳まで、純正のストーカーそのものか」

自分でもそう思う。でも通報は待ってくれ。

時間が近づいている。

見覚えのある親子連れが、交差点へと歩いてくる。

若い母親と、ボールを持った小さな子供。赤信号を見て、立ち止まる。

母親がふたつ折りの携帯電話を取り出し、ぽちぽちと操作を始める。子供は退屈そうに、鞠《まり》つきの要領で、ボールを地面に跳ねさせ始める。

「拓夢」

「わかってる」

ゆるみきっていた顔を引き締める。

腕時計《うでどけい》を見る。午後８時９分、４０秒。４１秒。４２秒……


ボールが子供の足に当たる。

あさっての方角へと跳ねる。

子供は「あっ」という顔になり、それを追いかけようとする。母親が携帯電話から顔を上げる。黒髪の少女が動きだす。どちらも間に合わない、ボールはそのまま車道のほうへと転がっていく――

拓夢が、それを止めた。

かがみ込んで子供と視線の高さを合わせ、「危ないぞ」と一言。ボールを手渡す。子供はきょとんとした顔で、それを受け取る。すみませんすみませんありがとうございますほらたかしもお礼言ってああもう本当にすみませんすみません。青い顔でまくしたてる母親に、いやいや大したことはしていませんよと笑顔で答える。

一台のバスが、勢いよく、すぐ傍らを走り過ぎて行く。

それ以上誰が何を言い出すよりも早く、そそくさとその場を離れる。

角をひとつ曲がり、交差点から見えないところに入って、

「ミッションコンプリート」

深く息を吐いた。

「あれだな。歴史を変えたような気分になるな」

「似たようなものではあるだろうよ。変えた歴史が、また変わる可能性があるだけだ」

「それはまあ、なあ」

どうせまたループが起きるのだろう。わざわざ拓夢が防がなくても、事故はなかったことになる。そして、〝翌日〟、また同じ時と同じ場所で、同じような危機がやってくる。子供が道路に飛び出し、夜空がそれを助けて、死ぬ。

特定の一日の拓夢が何をしようと、その次の日に起きることには関係がない。時間がループしているとは、そういうことのはず。

そう思えば、虚しい気持ちが湧いてくるのも確かだ。だが、

「それでいいさ」

拓夢は肩をすくめた。

「オレがやっておきたかったから、やったんだ。自己満足で動いた以上、満足はしてるし文句はねえよ」

「立派なことだな」

メリノエは頷いてから、あたりを見回す。

「立派ついでに、どうやら朗報ひとつだ。お主の働きのおかげかはわからんが、変化はあったようだ。今日がまだ、終わっていない」

腕時計を見る。午後8時10分、53秒。54秒、55秒。

「……そうだな」

拓夢は空を仰ぐ。赤と青のグラデーション。あの、怖気《おぞけ》の走るような冷たい灰色には、まだ染まっていない。

「まさか、あれか。ほんとに、先輩の死でループが起きてたのか？」

あの来訪者の日から、この閉鎖市街の外では、決して短くない時間が経っている。

もしも閉鎖市街《ここ》でも時間自体は流れていて、ただ進んでいなかっただけだとしたら。何万という単位の巻き戻りをして、結果として立ち止まっていたのなら。

そして、その巻き戻りのトリガーが、寂院夜空の死であったとしたら。

想像し、血の気が引いた。

「結論を焦るなと言っただろう」

メリノエはのんびりと答える。

「昨日と今日の違いは、この事故の有無だけではない。まるで関係のないところに引鉄《トリガー》が隠れている可能性はまだまだある。慎重に考えねばならないところだぞ、そこは」

「そう、か」

「なに、そう難しい顔をするな。正答はもう目前だ。吾等はもとより、推理パートを不正《チート》ですっ飛ばす心算《つもり》でいるわけだからな――」

「あのっ」


不意打ちだった。

声を、かけられた。

記憶にある、いや、忘れられるはずのない声だった。

「は」

拓夢の全身が、凍り付いた。

「あの、お話し中すみません」

再び声をかけられる。

目を丸くして振り返る。

黒髪の少女が立っている。もちろん彼女だ。寂院夜空。間違いない。しかし拓夢は目を疑う。なぜここに彼女がいる。なぜ彼女が自分を見ている。話しかけている。今日の自分たちには、面識などなかったはずなのに。思考が止まる。

「な……」

つばを飲み込む。

何かを言わなければいけない。

もう不審人物とは思われたくない。ならば、紳士的に振る舞わなければいけない。そうだ紳士になれ。紳士って何だ。こういう時にどういうふうに喋るんだ。パニックを起こしたままの頭で一生懸命に考える。

精一杯の愛想笑いを浮かべ、とりあえず頭に浮かんだ言葉を、そのまま口にする。

「……何かご用ですかな、麗しいお嬢さん？」

上ずった声と、よくわからない口調。

隣のメリノエが、そっぽを向いて噴き出した。夜空はそれには気づかなかったらしく、

「ええと」

勢いよく頭を下げる。

「ありがとう、ございました！」

「……何の話かな？」

「さっき、子供を助けたじゃないですか。こう、さりげない感じでしたけど、ちゃんと見ていましたよ」

「あ、ああ。あれか」

初めて思い至った、という体裁で頷いてみせる。

「別に、大したことをしたわけじゃない。お礼の言葉なら、彼のお母さんのほうから既に聞いた……あー、君もあの子の親戚ということかな？」

「いえ、知らない子でしたけど」

首を振ってから、不思議そうな顔になって、

「でも、助けられたのはあの子だけじゃない……ような気がするんですよね、ヘンな話なんですけど。わたしも、お礼を言わないといけないような感じがして」

それは。

(確かに、あのままだと先輩こそ死んでたわけで――)

口を開くとうかつなことを言い出しそうだ。拓夢は無言で、頬の内側を噛む。

「ボールが転がったあの時、あぶない、って思って。助けなきゃ、ってなって。それで、頭の中が真っ白になって。お兄さんがいなかったら、わたし、何も考えないで追いかけてたかもしれないんですよ。それで、大ケガしてたかもしれない。うん、そんな気がする、きっとそうだ」

夜空は何やら自分一人で納得し、

「だから、やっぱり、ありがとうございました」

再び頭を下げる。

「……やはり礼には及ばない。が、そこまでの気持ちを無にするのは忍びないな。感謝だけは受け取ろう、どういたしまして、お嬢さん」

妙なことを言わないようにして、ついでにキャラも崩さないようにしつつ、なんとか言葉を絞り出す。

「無事でよかった」

その一言が、何の気負いもなく、するりと出てきた。

いけない、と思った。

紳士ぶって話しているつもりが、畔倉拓夢の素の感情が抑えきれなくなっている。これ以上ここにいると、ボロが出るかもしれない。

「それでは、オレ、いや私はこれで。お嬢さんも、気をつけて帰るといい」

「あ、待って」

逃げようとしたところを、引き留められた。

「ま……まだ、何か？」

「いえ、その。自分でもよくわからないんですけど、ええと」

戸惑いの顔のまま、夜空は、拓夢の顔を覗き込んでいる。

視線が、正面からまっすぐにぶつかり合う。

「なにか、忘れているような……ん、んんー？」

その距離が、どんどん近づいてくる。

身長差はある。が、構わず夜空はつま先立ちになり、顔を顔へと寄せてくる。

「お、お嬢さん⁉」

全力で突き放す、のはできないので、両手を上げて降参の意を示す。

「どういうつもりかわからないが、そういうのはいつの時代も、よくないと思──」

「ゆめ、くん？」

ぽつり。

本来なら聞き取れるはずもない小声で、夜空がそう呟いた。拓夢はそれを聞いた。

「え、あれ？　なんで？　なんでゆめくんの名前なんて」

瞬間、夜空はようやく、我に返ったらしい。そして、自分が年上の男性に超接近している事実にも気づいたらしい。

顔を赤くして、さりげなく距離をとる。

「は、はは……」

拓夢は安堵《あんど》する。これ以上至近距離にいたら、たぶん色々とまずいことになっていた。

さっきから、早鐘ビートを刻む心臓がうるさくて仕方がない。

「…………」

どうやら、まだ終わっていない。

少女の視線が、常識的な距離こそ離れているけれど、まだ拓夢の顔から離れていない。

「あの」

夜空は躊躇《ためら》いがちに、訊いてくる。

「おかしなことを訊くみたいですけど、もしかして、ゆめくんの、ええと、畔倉拓夢くんのご親戚の方だったりしますか？」

ぐ。

ド真ん中に、ストレートの剛速球が飛んできた。

しかし、どう答えればいいのだろう。「ゆめくん」と拓夢の顔立ちが似ているというのは当たり前（何せ本人なのだから）だが、他人の空似と惚けることはできる。しかし、何やら妙な確信を抱いてしまったらしいこの少女に、うかつな嘘を並べるのはまずいような気もしている。

ろくに回らない頭で、それでも拓夢は少しだけ考えて、

「……拓夢の叔父《おじ》で、畔倉夢太郎《ゆめたろう》と言います」

何言ってんだオレ。もう少しマシな言い訳はなかったのかオレ。

メリノエが体をくの字に折って、苦しそうに腹を押さえている。あとでしばくと心に決める。

「あ、やっぱり！　目元とか、すごくそっくりなので」

「ははは。拓夢のお知り合いですかな？」

「あ、同じ高校でして。ゆめく……拓夢くんとは、良い友人付き合いをさせていただいています……今のところは、ですケド」

「今のところは？」

「ええと、もしかしたら、金曜日あたりに、関係が変わるかも、みたいな……まだわからないんですけど……あはは、なに言ってんでしょうね、わたし」

細い声。夜空は顔を赤くして、目をそらす。

「ほ、ほほう。これはこれは、あいつも隅に置けない」

——金曜日。

遠い約束のことを思い出す。かつての拓夢少年が、思いを伝えるために、愛しの夜空先輩を呼び出そうとした。それが、あの時と同じ週の金曜日。

忘れないでいてくれたのだ、と思う。

彼女にしてみればその約束をつい昨日交わしたばかりなのだから、よく考えれば、覚えていて当たり前ではある。だが、それはそれとして、嬉《うれ》しいものは嬉しい。目頭が熱くなるのは止められない。

「なんていうか、おかしな感じなんです。ゆめくんとずっと会えてないみたいな、ずっと会えないみたいな、そんな気がして。昨日も、学校で会ったばかりのはずなのに」

「……そう、なのかい？」

はい、と夜空は頷く。

「なので、彼に伝えておいてくれませんか。寂院が会いたがっていたと」

「ははは」

朗らかな笑い声の裏側に、拓夢は、今にも爆発しそうな感情をまとめて隠す。

「約束します。確実に、拓夢に伝えておきましょう……夜空先輩」

◇

さて、奇妙なその男と別れた直後の、寂院夜空の話である。


不思議な感じの人だったな、と。

自宅への道を歩きながら、夜空はそう思った。

初めて会ったはずなのに、そんな気がしない。ゆめくんと雰囲気が似ているけれど、彼にはない、謎の……ミステリアスさ？　のようなものがある。

もう少し話していたかったような気もする。これといって話題があるわけでもないけれど、なんとなく。

「………………んー？」

足を止めた。

違和感があった。

少し考えて、気付いた。彼は今、別れ際に、こちらを『夜空先輩』と呼んだ。けれど、よくよく思い出せば、自分は彼に、「寂院」という苗字《みょうじ》しか名乗っていない。彼は、寂院夜空の名も、ゆめくんの先輩であるということも、知らないはずだった。

「え……これ、どういう……」

慌てて振り返る。

別におかしなことじゃない、とも思う。

実はあの夢太郎氏は、甥《ゆめくん》と学校生活の話をしているのかもしれない。親戚なのだからありえない話じゃない。夜空先輩という想い人の話まで聞いていて、先ほどの会話の中で、ああこの人がそうなんだなと納得したのかもしれない。ふつうに考えたら、それしかない。


いや、違う。


わけのわからない確信が、胸の中にある。

うまく説明できないけど、そういうことじゃない気がする。

彼は――畔倉夢太郎を自称する彼は、そうじゃない。甥《ゆめくん》から聞いたというのとは別の形で、この寂院夜空のことを知っていたのだ……という気がする。

わからない。わからないのは、焦る。

走り出していた。来た道を引き返していた。

先ほどの交差点の近くまで戻った。しかし、彼の姿はもう、どこにもなかった。

「…………」

立ち尽くす。

理由もない焦燥が、胸の中で膨らんでいく。

あの人を逃してはいけなかったのだという、意味不明の確信がある。

──遠くの空に、鴉《からす》が鳴く。

太陽が沈んでいく。

5.

んふんふんふ。

メリノエが、口をふさいだまま、笑い続けている。

その頭を、軽く平手ではたいてやる。

「痛いぞ」

「笑いすぎだ」

「仕方がなかろう夢太郎。いやあ、長くお主を見てきたが、さっきの顔は五本の指に入るスマッシュヒットだ。これだけで白飯が無限に食える」

何ともむかつく笑顔だった。

文句を言ってやりたかったが、痴態を晒した自覚はある。一瞬だけ悩んだあげく、

「……野菜も食えよ」

よくわからないことを言ってしまった。

「それにはもう少し、主菜を盛ってほしいものだな。どうだ夢太郎、いっそ明日もあのキャラでいくのはどうだ夢太郎」

「その名を連呼すんじゃねえ」

とっさとはいえ、妙な偽名を作ってしまったものだと思う。しばらくはこれでからかわれ続けるのだろうと思うと、少々気が重い――

カチリ、

その音を聞いた。

弾かれたように、メリノエと二人、空を見上げる。裸眼で見るそれは、それまでとまるで変わったようには見えなかったが。

「スイッチが入ったか」

「そのようだな」

時計を確認する。あれから十分以上が経っている。十分そこそこしか経っていないとも言える。有意の差とも、ただの誤差とも言い張れる、微妙な時間だ。

「……まさか、夜空先輩」

交通事故による死こそ防げたが、その後の彼女の無事を確認していない。たった今、自分たちの見ていない場所で、彼女が改めて命を奪われたのではないか。そうして、ループする一日の辻褄《つじつま》は合わされたのではないか。

目を離すべきではなかったのかもしれない、と一瞬だけ考える。すぐに振り払う。

それこそ、考え続けたらきりがない。今はそれよりも、彼女を含むこの東京が、そのような状況になっている事実そのものに向き合うべきだと。湧き上がる焦りを、強引に理性で抑え込む。

「始めるぞ」

メリノエが片目を閉じる。

縁《ふち》の黒い眼鏡を手渡してくる。受け取り、かける。

視界が切り替わる。

何もかもが灰色に染まった世界を見る。

〝昨日〟見たものと違いはないように感じた。同じように静止し、同じように短冊に割れて、同じように灰色に染まり、同じように再構築されようとしている。

「ふんっ」

メリノエが大きく腕を振った。その軌跡を追うようにして、花弁の形をしたあの光が、大量に弾け散る。

虫眼鏡、鋏、金梃子、鳩時計、船の舵輪――

今朝も見た大量の道具が、光の中から現れる。

コルク抜き、ラジオペンチ、台所用スポンジ、懐中電灯、でんでん太鼓――

今朝は見なかったものも出てくる。

それらはすべて、幻のように不確かな映像だった。どれもがわずかに透けていて、それら自体がかすかに輝いていて、そして一瞬ごとに違う道具へと姿を変えていた。

ちょうど万華鏡を覗き込んでいるような気分だった。見えるもののすべてが、その時その瞬間に見えているものでしかない。本質はどこか遠いところにあり、それは目の前に見えているはずなのに、理解できない。人間の目と脳とでは、ただ美しいものだとしか、認識できない。

そうしているうちに、それらは、人の手になる道具の姿をとることをやめた。虹色に輝く、多面体の結晶。メリノエの周囲を飛び回りながら、時に姿を消し、また出現し、輝きを強め、また弱める。

コォォン、コォォン、と共振音が無数に重なり、耳元に響き渡る。

——メリノエが、姿勢を崩す。

腕を伸ばし、支える。

「すまんな」

「気にすんな、集中しろ」

ひとが何者かの「能力」を語るとき、それは必ず、表面的なものになる。

たとえば、鳥には空を飛ぶ「能力」がある。しかしこれは、単体で独立した特徴ではない。大きな翼を持つこと、その翼で揚力を生むに足るだけの筋力を持つこと、全身が極限まで軽量化されていること、地上生活では使わないような特殊な平衡感覚を備えていること、そういった諸々の特徴すべてが複雑に絡み合った結果として彼らは空を飛ぶ。

しかし、それら生態や構造の違いまで含めてすべてをリストアップすることは現実的ではない。だからひとは、表面の薄皮一枚だけを拾い上げて、「飛ぶ『能力』」というラベルを貼ることで理解を済ませようとする。

――調停者たちの間で共有されている資料によれば、特殊来訪者ＩＤ．８６の個体Μειλινοη《メリノエ》は、限定的な装備生成能力を持つ、とされている。

もちろんこれもまた、本質からは程遠いラベルだ。彼女の存在を、その生態を、正確に言い表してはいない。

（たぶんこいつの本来の力は、地球人の尺度から見れば、全能に近い）

長い付き合いだ、拓夢はメリノエという存在とその規模について、ぼんやりとだが、理解している。

（全能に近いから、逆に、自分だけじゃ何もできない。地球の道具の形状を通して初めて、それは具体的な力として振るえる――）

たとえば、メリノエの力は、直接「切る」ことには使えない。だからこいつは、鋏というアイテムを夢から取り出す。鋏は「切る」ためのものだから。鋏という形状を経由していれば、「切る」という現象をいくら起こしても筋が通るから。

科学的な説明にはほど遠い、純度１００パーセントの屁理屈《へりくつ》だ。が、その屁理屈こそが、メリノエという存在を縛る現実なのだろう。拓夢はそう思っている。

地球人に理解できる現象を起こすために、地球人の使う道具を使う。だから、メリノエはいつだって、用途のわかりやすい道具ばかりを出してきた。特殊弾もそう。眼鏡もそう。防護服もそうだし、包帯もそうだった。

なのに。

今メリノエの周囲を飛び回る多面体は、拓夢の知るあらゆる道具に似ていなかった。素材は見当もつかないし、正確な形状すら認識できないし、用途などもちろん想像もつかない。地球上に存在しない、地球人が使わない道具。

総合すると、こういうことだ。

メリノエは、本来の彼女にはできないはずのことを——無理を、しているのだ。

(——ったく、こいつは)

心配していない、と言えば嘘になる。だが、その必要がないことも理解している。こいつ自身ができると言って始めたことだ、少しだけ待っていれば、どうせその通りになるのだろうから。だから、拓夢にできることは、せいぜいこの小さな体が倒れないように支えることくらいだ。

「摑んだ」

不敵にメリノエが呟くと、右の手指《しゅし》を、まとめてひねる。

瞬間、正体不明だった結晶多面体たちが、いっせいに姿を変えた。

まるで毛糸玉のように、無数の黒い繊維に、ほどけた。

「糸……か……？」

拓夢は呟く。

糸。このうえなくシンプルな、原始の道具のひとつ。

それは繋ぐもの。結ぶもの。手繰り寄せるもの。ならば、メリノエの操るそれは、おそらくは、そういった機能を馬鹿げた領域にまで高めたうえで実現するはずだ——

「……馬鹿な」

メリノエが、うめいた。

珍しい、と思った。いつも余裕綽々《よゆうしゃくしゃく》の彼女らしくない、本気の苛立《いらだ》ちを感じた。

「その地点にまで至りながら……なぜ、その道を選ぶ……」

続くそのうめきの意味は、拓夢にはわからない。と、

穴に落ちた、と感じた。


「んなぁっ!?」

例によって例のごとくの、疑似的な浮遊感。七色の光。

どこでもない空間の中を、上下左右どちらでもない方向へ、落ちてゆく。

自分が極小へと圧搾《あっさく》され、同時に極大へと拡大される、異様な感覚。

（いきなりかよ、容赦ねえな⁉）

中野区の朝へと落ちていくこの「突入」も、今回で三度目である。不本意ながら、少しは慣れた。だから改めての驚きこそないが、それで不快感が和らぐわけでもない。

しばらくして――五感が戻ってくる。

本物の浮遊感に包まれる、つまり体が落下を始める。

「っと」

受け身をとった。メリノエを潰さないよう細心の注意を払いつつ、見覚えのあるアスファルトの上を転がる。眼鏡までは守り切れず、地面に落とす。小さな澄んだ音を立てて、眼鏡は光に解けて消える。

ふぅ、と一息。

見回す。背の低いコンクリート塀。年季の入った木造家屋。おんぼろのアパート。そのすぐ隣に、比較的最近に建て直されたと思しき三階建てのマンション。がらがらの月極《つきぎめ》駐車場。缶ジュースの自動販売機。チェーンの薬局の看板――

間違いない。

最初の突入の時に見た、そして〝昨日〟のループの時にも見た、あの場所だ。

「かくて三日目は始まれり、てか」

立ち上がる。

それから、腕の中のメリノエを下ろす。

「大丈夫か」

「うむ……」

声が、少し沈んでいるように感じた。

「おい？　マジで大丈夫か？」

メリノエの体は、変化を知らない。いくら食べても、太らないし痩せない。殴られようと切られようと、傷つくことも血を流すこともない。

こいつの体は、そういうふうにはできていない——ということらしい。当人いわく、水面に映る鏡像に石を投げても、鏡像が血を流すことはないだろう、とか何とか。よくわからないが、流血や外傷という形でダメージを受けることはないし、逆にダメージがそれらの形でわかりやすく表に出たりもしないのだと。

当人いわく、「この体《アバター》自体がＳＮＳのプロフィールアイコンのようなものだからな」

「吾が変える気になるまでは変わらぬよ」とのこと。例によって意味はわからない。

とにかくそういうわけだから、先ほどの無理が彼女にどのような負担を与えたのかを、外見から知ることはできない。

鼻血の一筋も出してくれれば、わかりやすいというのに。

「無茶すんな」

気遣いのつもりでかけたその言葉も、口にした当人が呆《あき》れてしまうほど白々しい。何が彼女にとっての無茶なのか、拓夢はまるで理解していないのだから。

パートナーとは何なのだろうと、情けない疑問が浮かぶ。こいつに何もしてやれないこの憐れなでくの坊に、そんなものを名乗る資格はあるのだろうかと。

メリノエは——特大のあくびをひとつ漏らしてから、

「心配はいらん」

やはり晴れない声で、そんなことを言う。

「多少は手こずらされたがな。目当てのものは全て読み取れた」

「いや、それはどうでもよ……かねえけどよ、後回しだ。お前自身はどうなんだ、疲れたなら言えよ。言ってもらわねえとわかんねえんだからな、お前の場合」

「む？」

メリノエは目を丸くして、

「ああ……そうだ、そうだったな」

小悪魔のように笑って、からかうように、

「いや実は、こう、エネルギー的なものを使い果たして活動限界がオーバーワークでな。今にも死者の河《レーテ》を泳ぎ切りそうだ。今すぐ人肌のぬくもりと甘味を補充せねばピンチなのだ、ああ困った」

そんなことを言いつつ、身を寄せてくる。

そのまぶたが、半ば近く落ちそうになっているのが見てわかる。眠いのだろう。それだけの力を、夢から引き出していたのだろう。

ああ——畜生。まったく、こいつは。

いつも通りのふざけた物言い、余裕としか見えない振る舞い。しかし実際に、その肌はいつもよりいくぶんか冷たくなっているように感じられる。こいつの肉体自体には変化などないはずなのに、そう、感じられてしまう。

「ったく、ふざけんな」

うめくように言い、拓夢は少女の体を、改めて抱きしめた。

やはり冷たい、と感じた。

触れている場所から、熱が奪われるような気がした。本当にそうであってほしいと願った。自分は無力だ。そんな無力な畔倉拓夢にも、こいつに対して分け与えられるものがあるというなら、遠慮なくガンガン持っていってほしい。

「お……お？」

拓夢のそういう反応は想定していなかったのだろう、メリノエの当惑の声が聞こえる。

無視して両腕に力を込める。

半ば忘れそうになっていたが、ここは朝の住宅街である。

登校中とおぼしき小学生が何名か、驚いた顔でこちらを見て、すぐに目を逸《そ》らして歩き出す。あまりよくないものを見せてしまったような気がする。いやまあ、今はそんなことを気にしている場合でもないか。

そんな風にして、拓夢たちにとって三度目の、6月5日が始まる。

sequence04

いと高きところより

04

LOVE OR NOT,
IT DOESN'T MATTER
TO THE PERSON
BEING HURT.

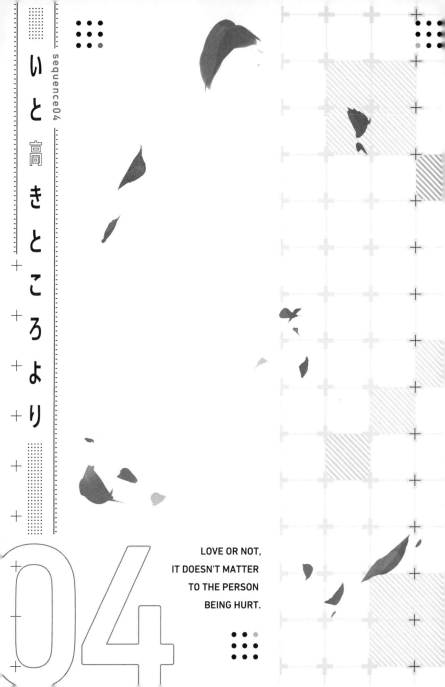

0.

ここに一人の少女がいる。

朝が来て、目を覚ましたばかりだ。

ぼんやりとした寝ぼけ眼《まなこ》のまま、首をかしげて、

「……………あれ？」

辺りを見回している。


なにかがおかしい、とその少女の本能は感じた。

「ええと……？」

少し考えて、気のせいだろうと少女は結論した。同じように訪れる朝、同じように過ごされる毎日。小さな違和感にいちいちつきあってなどいられない。

「おねえちゃん？　大丈夫？」

部屋の入り口、年の離れた妹が心配そうにこちらを見ている。

「だいじょぶだいじょぶ、心配かけてごめんねぇ」

手を振って追い返して、

「…………うーん……」

壁にかかったカレンダーに目をやる。

今日は6月の5日。それはそうだろう。昨日は6月4日だったのだから当然だ。何ひとつおかしいところはない。

——昨日は、6月4日、だった？　本当に？

違和感がある。当たり前のはずのことが、当たり前ではないように思える。

「つく」

苦しい、と感じた。

心臓が、小さな痛みを訴えている。

いつものことではあるし、慣れてはいるけれど、それでも嬉《うれ》しいものではない。ベッドを出て、机の上の薬袋から錠剤を取り出す。水差しの水で、二錠ほどを飲み下す。

——忘れてる、ような、気がする。

——大事なことを、いろいろと。

カレンダーを睨《にら》みつける。

昨日は6月4日。今日は6月5日。

その隙間に、何かがあったような気がする。とても重要なイベントが起きた、大事な時間が流れていたような気がしてならないのだ。

既視感《デジャビュ》と未視感《ジャメビュ》が混ざり合ったような、さっぱり理屈に合わない確信。

「………………」

頭を抱えていると、断片的なイメージが、ぼんやりと浮かんでくる。

交差点。転がるボール。走るバス。

二十代半ばほどの、あからさまに目線を周囲にさまよわせる、男性の顔。

その名前も知っている。確か、夢太郎《ゆめたろう》。

いつ、どこで見た光景なのだろう。そして、どこで聞いた名前なのだろう。わからない。

昨日、つまり6月4日ではないことは確かだ。どういうことか。

これは謎だ。それも、正答の有無どころか、答えを追う意味があるのかすらもわからない、純正の謎だ。無視するのが一番いいのは間違いないのだろうけれど。

「よし」

決めた。

この寂院夜空《じゃくいんよぞら》は、周りからは、いわゆる良い子だと思われている。本人も、基本的にはそのつもりでいる。学校の授業は真面目《まじめ》に受けるし、好成績をキープしている。ひとの頼みはよく吟味して、そのひとのためになると思ったら積極的に引き受ける。そんなこんなで重ねた毎日が、そんな優等生のイメージを形作っている。

けれど。

不思議な違和感が、夜空の中に蟠《わだかま》っている。

自分は、この謎の答えを追うことができる。出所もわからないそんな確信が、ある。

理屈に合わないことを考えている、とはわかっている。けれど同時に、それは理解が追いついていないだけだ、とも思えている。人間の頭は、まともに理解していることについてしか、まともな理屈を組み立てられない。

そういう状況に出くわした時、選択肢は少ない。無力な理屈にそれでも縋《すが》るか、それとも、開き直って直感に身を委《ゆだ》ねるか。

彼方《かなた》を見る。

窓とは違う方向だ。そちらには本棚があり、少女漫画がずらりと並んでいて、クレーンゲームでゲットしたぬいぐるみが座っている。けれど夜空の視線はそのどれでもなく、そのさらに向こう側へと向けられている。方角で言えば東北東。そして……距離で言えば二キロばかり先。

見えるはずもないその場所に、何かがある。それがわかる。確信できる。

しばし考えて、

「学校、サボろ」

決意の言葉と同時に、ベッドを降りる。

さようなら皆勤賞。わたしは今日、なにかよくわからないものを探しに行く。

遊び好きの級友たちから聞いた、サボりの作法を思い出す。家を出る時は制服。私服は鞄《かばん》の中。着替えは駅のトイレ。着替えた後、学生証の類いは荷物の奥にしまっておくこと。自分には関係ないと思っていた知識だけど、人生、いつ何が役に立つかわからないものだ。ありがとうミカちゃん今度パフェおごる。

もろもろの準備を終えて、

（オーケーこれで良し）

鏡の前で、ふむん、と鼻息を荒くする。

戦闘準備もとい着替えが終わる。

そうして、今日もまた、寂院夜空の6月5日が始まる。

1.

ずぞぞぞ、と音を立てて、メリノエがシェイクを啜《すす》る。

「…………」

拓夢はハンバーガーにかじりつく。

そういえば、自分たちが食べたものはループ時にどうなっているんだろうと、どうでもいい疑問が浮かぶ。持ち物が突入時のものにリセットされているのだから、胃の中のものも同様だろうか。

「…………」

メリノエが、アップルパイにかじりつく。

拓夢はコーヒーにフレッシュを注ぐ。

ループ時にリセットされるのは装備だけではない、つまり記憶だけを留めて自分たちの肉体がまるごとリセットされているのだろうかと考える。多少ケガをしても勝手に治るということになるし、それは間違いなく便利そうだ。しかし、あまり気分のよくない話でもある。この体が既に時の牢獄《ろうごく》に囚《とら》われているのだということにもなるし。

「………」

メリノエが、ソフトクリームにかぶりつく。

「いや、あのな」

さすがに耐えかねて、拓夢は切り出した。

「そろそろ話を始めねえか？　ハッキングでいろいろわかったんだろ？」

そうなのである。

東京に三回目の着地を成功させたあの後、朝から開店している有名ファーストフード店へ直行、朝食を摂《と》ることとなった。メリノエは宣言通り（そしていつも通り）甘いものばかりを大量に買い込み、見ているだけで胸やけしそうになった拓夢がシンプルな食事を注文し、そしてそのまま現在に至る。

だからもちろん、拓夢の服装は、突入時の作戦服のままである。とても目立つ。

さらにもちろん、柊《ひいらぎ》たちへの連絡もしていない。当然軍資金ももらっていないので、懐《ふところ》事情は初期状態のままである。

それら全ては、朝食を摂りながら、メリノエから話を聞き出してからでいいだろうと、先ほどの拓夢は判断した。そしてその判断を、今は少し後悔している。

メリノエが、あからさまに、話を始めようとしていない。

「……ここのループは、主人公が眠ると巻き戻るタイプだ」

「あ？」

いきなり何を言うのだろう、と思う。

「イメージが湧かぬか？　近年多い、死に戻り系の話を思い浮かべればいい。あれとは互いが互いのバリエーションであると言える。引鉄《トリガー》として死が必要か、それとも意識を失いさえすればよいかの差だ」

「いや、そこじゃなくてな。主人公って何だよ」

「いるのだ。このタイムリープSFには、吾々《われわれ》ではない一人の〝主人公〟が。つまりは、この船室《キャビン》の主のことだが」

「ああ」

最初からそう言ってくれ、と思った。

この船室《キャビン》の構築者について、予《あらかじ》め聞いていた情報を思い出す。確か……名前はバー＝ビョエル＝バーｌ。来訪者ＩＤは３７２。出身星では生死問わずの形で指名手配されている、極上の犯罪者。

「まぁ、オレらは途中乱入してきたクチだからな。主人公側じゃねぇのはわかる。そもそもそういうガラでもねぇしな」

肩をすくめると、メリノエはなぜか、呆《あき》れたような半眼で見てきた。言いたいことはわからないでもないが、無視する。

「で、そいつが目を覚ましている間しか、この街は存在しない。そいつが目を閉ざすたびに、この街は同じ一日を最初からやり直す。そういうことか？」

「基礎構造としては、そんなところだ。再構成にかかる時間は——時間の巻き戻しにかかる時間というのもおかしな話だが、船室《キャビン》の外の基準で——数分程度といったところ。大したショートスリーパーだな」

「寝たうちに入んのか、それ」

うめく。まあ、地球人と来訪者との生理を同じ軸で測っても意味はないのだが。

「で、それがどうかしたのか。別にショックを受けるような話でもなさそうだが」

「船室《キャビン》にはもうひとつ、別の機能が組み込まれていた。ループ現象そのものと直接連動していたわけではないが、同じフレームの中で、同レベルのプライオリティに設定されて走っていた」

「ふむ」

小さく相槌《あいづち》を打って、先を待つ。

メリノエは少し口ごもってから、

「人の死だ」

ぽつん、呟《つぶや》くように言う。

「あん？」

「夜空一人を指定しての死、ではない。この鎖《とざ》された地に住まう中の千人ばかりの命がマーキングされ、船室《キャビン》によって常に監視されている。事故なりなんなりで、その中の誰か一人でも死を迎えれば、船室《キャビン》の主にそれが信号として伝わるようになっている。夜空はその千人の中の一人だった」

「……はあ？」

「タイミング等から見て、主はこの信号を受け取るたびに、自ら目を閉じることでその一日を終わらせているのだろう。今回の周回はゲームオーバーだったと諦めて、次の周回にニューゲームだ」

よく、わからない。

「どういう千人なんだ？　ランダムか？　性別年齢境遇その他の共通点は？」

「おおむね未成年、夜空と近い年代だが、例外もある。男女比率もほぼ半々だ。無理に法則を見出だそうとしたところで、益はありそうにないな」

「なんだそりゃ、何のために」

「わからんよ。だが実際にそうしている以上、当人には理由があるのだろう」

拓夢は嘆息する。

「……まあ、それはそれとしてだ」

拓夢の指が、紙コップの縁を軽く叩《たた》く。

「確かに驚く話だったけどよ、それで終わりってわけじゃないんだろ？　他に何を読み取った？　何で言いにくそうにしてるんだ？」

しばしの沈黙。

「吾はな」

ぽつりと、メリノエは言葉をこぼす。

「お主がもがき苦しむのを見るのが好きだ」

「おい」

いきなり何を言いだすんだこいつは、と思った。

「逆境に悲鳴をあげるところも、真《ま》っ青《さお》になって走り回るところも好きだ」

「こら」

何を言い続けてるんだこいつは、と思った。

「……どのお主も、どこかに向けて走り続けていることには違いないからな。何かを成そうという意志に満ちている。顔を上げて前を見ている。そういうところを、愛《いと》おしいと思っている。だから、特等席《となり》から眺めている」

「お……おう？」

普通に、反応に困った。

それは、昔から言われ続けていることだった。拓夢が四苦八苦しながら生きている様がこいつには「人間らしくて素敵」と見えている、それはわかっていた。

けれど、なぜそんなことを今さらこの場所で、改めて言いだすのか。

「だから迷っている。これを聞けば、お主は立ち止まるかもしれん」

「は？」

「吾が、お主の隣にいる理由が、なくなってしまうかもしれん」

「はあ」

わかるような、わからないような。

「要は、とびきり悪いニュースってことか」

「そうなる」

「あれか。壁の破壊は不可能です諦めましょう、的なオチか」

「いや。壊すだけなら、充分に可能だ。そのための方法まで突き止めてある。上手《うま》くすれば、吾らの手持ち火力だけで事足りる」

「まじか」

朗報だと思えた。思わず、短く口笛を吹いてしまったほどに。

「柊サンたちに頼んなくていいってのはありがてえな。さすがにあのチャージ時間はな、現実的じゃなかった」

「だが」

メリノエは首を小さく振る。

「その時には、壁が守っていたものすべても共に、塵《ちり》に還《かえ》るだろう」

「………………」


考える。

メリノエの言葉の意味を、咀嚼《そしゃく》する。

「なる、ほど？」

首を傾ける。

「どういう意味だ、それは」

「言葉通りの意味だが、解説をするなら、そうだな……」

メリノエの指が、テーブル備え付けの、スティックシュガーの袋をつまみあげる。

「タイムマシンは存在しない。時間は遡らない。この大原則はわかるな？」

「いやいや待て待て」

いきなり現状のすべてを否定するようなことを言われても困るのだ。

「タイムループしてんだろ、オレたちは、いま、現実に」

「ある意味において疑似的に、と最初に付け加えただろう。時間そのものを実際に巻き戻しているわけではない。ある時点における形而下《けいじか》存在の状態を記録し、そのまま後になってから上書き《オーバーライド》しているだけだと」

確かに、そんなことを言っていたような。

「どう違うんだ」

「……ここに、そうだな、ド級難易度のアクションＲＰＧがあると考えろ」

だーかーら、いきなり何を言いだすんだお前は。さっきから。

そう言いたくなるのを、ぐっとこらえる。

「最近のゲームにゃ詳しくねえんだがな」

「多少の古今は問わん。お主の知る範囲のもので良いから、想像してみよ」

思い浮かべる。初見殺し満載の凶悪なボスキャラが大量に出てくることで有名なファンタジーアクション。救済措置かと思われていた強武器が、最初のバージョンアップの時に弱体化してしまい、多くのプレイヤー——拓夢を含む——が悲鳴を上げた。クリアまでにひと月以上がかかった、あれは楽しくもしんどい思い出だ。

「想像した」

「しんどい序盤を乗り越えて、操作に慣れて、自キャラの育成も進んできて、それでも１ミス即ゲームオーバーの状況を潜《くぐ》り抜《ぬ》けて、ようやくボスキャラの寸前までやってきた」

「やってきた」

妙にディテールが細かいが、話を止めたくなかったのでつっこまない。

「そこにセーブポイントがあった。当然、お主はそこでセーブをする」

「セーブを……」

話がきな臭くなってきた、と感じた。

「ボスキャラは強敵だった。勝てなかった。自キャラが殺されてゲームオーバーだ。その画面を見てから、お主はどうする」

どうするってそりゃ、

「セーブしたデータからやり直すだろう？」

「……ああ」

ようやく。わかり始めてきた。

「リセットボタンを押せば、この世界はゆらぎに包まれる。全てがどろどろに溶けて、形をなくす。セーブデータから供給される情報に合わせて、形を取り戻す。蛹《さなぎ》の中の芋虫が、一度全身を液状にしてから、蝶《ちょう》の形を得るようにな」

メリノエは憂鬱そうに息を吐く。

「時間そのものが遡っているわけではない。ゲーム機のプレイ時間も、プレイヤーの体感時間も、増え続けている。だが、ゲームの中にいるキャラクターたちの体感では、間違いなくタイムループが起きている、となる」

「だから、疑似的に、なのか」

「そういうことだ」

メリノエは頷《うなず》く。

「そこまでは初日の段階でわかっていた。むろんこれだけでも、まともな技術で達成できることではない。どうやって実現しているかに興味はあったが」

少女の唇が、深く、重い息を吐く。

「〝昨夜〟、吾はその構造までを見た」

「ああ」

ここからが本題だ、と感じた。

「吾の想像よりも数倍、強引な作りをしていた。これだけの高頻度で上書き《オーバーライド》を行えばもちろん、事象は現実に定着しない。その問題をどう解決するかと思えば、まさか、まるで解決などしていなかった」

「つまり？」

「ループシステムが生きたまま船室《キャビン》を壊せば、このゲームデータ《まち》は本来の姿を取り戻せない」

――――ああ。

ようやく話が見えてきた。そういうことか、と思う。

「現実をゲームのように扱おうとしても、歪《ゆが》みが生じる。すぐまた上書きされることを前提としてある現実は、いつ霧散してもおかしくないほど、不安定な状態になっている」

「あの壁がなくなるとマジで全部吹き飛ぶ、ってことか」

それはまるで、波打ち際に建てられた白砂の城。

壁を取り払い、波に晒《さら》されれば、すぐにも溶けて消えてしまう。

「砂漠化した荒野くらいは、残るかもしれないが」

「なるほど。確かに……そいつぁ、きっついな」

腕を組み、拓夢はうなる。


覚悟は決めていた。

どのような荒野を目にすることになろうと、動揺しない。それだけの心の準備を決めてから、この作戦に臨んだ。

けれど、もちろん、覚悟していたのはそこまでだ。無事な姿の東京を見た後で、自らの手でそれを葬り去ることなど、考えもしていなかった。


「きっついな、そいつぁ」

繰り返す。

「だから、言いたくはなかった」

「そうだなあ」

拓夢は答えてから、両腕を後頭部にあてて、天井を仰ぐ。

「……どうすっかな」

実のところ、ショックそれ自体はそれほど大きくない。そもそも、こうして過去の東京に触れることができたこと自体が、夢のような話なのだ。夢と同じように取り上げられる可能性は、うっすらとではあったが予想していた。

それに、つい先ほどまでメリノエに散々心配されていたのだ。こいつの予想通りに凹《へこ》んで足を止めるというのは、何というか、悔しい。

だから、何も考えられないだとか、何もする気がなくなったとか、そういうベクトルのダメージはない。やる気は残っている。どうにかしなければという気力もある。

けれど、現実問題として、足が止まってしまったのも、事実ではあった。

「いやぁ……こりゃ本当に……」

力なく、また、繰り返す。

「きっついなぁ……」

2.

公園で、ブランコを漕《こ》いでいる。

柊に連絡は入れていない。早いうちに連携を取り直したほうがいいのだろうが、何となく、そんな気も起きなかった。

バー＝ビョエル＝バーの居場所を突き止め、捕まえて締め上げて、どうにか安全に船室《キャビン》を解除させることはできないか。そう提案もしてみた。

無理だ、とメリノエは首を横に振った。「居場所を知る術がない」と。「わからない」ではない。この閉鎖市街のどこかに存在はしているはずだが、完全に潜伏している。探すための手掛かりひとつすら、見つけられていない。

だから、元凶を捕まえて状況を解決させるという手は、使えない。

「うーむ……」

拓夢の今回の任務は、調査と破壊である。

船室《キャビン》内部の状況を調べ、どうにか外へ情報を持ち帰る。打ち崩せそうならば、船室《キャビン》自体を破壊し、あの地を正常化する。

2002年の街並みを、そこに住む人々を、取り戻せとは言われていない。

当たり前だ。この任務が発令された時点では、この地がループしているなんてことは、誰も知らなかった。失われてしまったものを取り戻せるかもしれないなどと、誰も考えていなかった。

だから――見捨てても、いいのだ。

壁をブチ破って、荒野になった正常空間を取り戻す。そうしてもいいのだ。

そんなことは当然わかっている、のだが。

(まぁ、モチベーションは湧かねぇな)

そういう立場だから。そういう任務だから。そういう義務があるから。大人の事情に背を押されながら、街を滅ぼす。感情的な発言が許されるなら、ふざけんなの一言だ。やってられっかの二言目を付け加えてもいい。

「このまま、この地に留まり続けるか？」

すぐ隣、同じようにブランコを漕ぎながら、メリノエが訊《き》いてくる。

「難しいことではない。衣食住、すべてどうとでもなろう。一日が二十四時間でなくなることには、多少戸惑うかもしれないが。それに、この地には、お主の想い人もいる」

「…………」

「現状を維持し続ければ、いつまでも元気な姿のままだ。しかもあれだな、永遠に若いままの姿でというのも、地球人のロマン的にはかなりポイントが高いのではないか？」

ロマンについてはさておき。

寂院夜空について言われると、やはり、拓夢としてはキツい。彼女が生きていてくれたことが事実として嬉しかった、嬉しすぎた。だから、生き続けていてくれるという可能性は、とても魅力的に思える。思えてしまう。

「仮に。仮にだな。オレがその気になったとしてだよ」

拓夢は問い返した。

「お前はどうすんだよ、メリノエ？」

「どうと問われてもな。まあ……変わらぬだろうな。吾はお主を見届ける。すぐ傍《かたわ》らの特等席から、その生き様を、ずっとな」

その声がどこか寂し気に感じられたのは、たぶん気のせいではない。

嫌な二択だと思った。

自分の気持ちから逃げて、任務を遂行するか。

自分の役割から逃げて、このループに自ら身を委ねるか。

どちらを選んでも、晴れやかな気分にはなれそうにない。


自分の頬を、平手で叩いた。

気合いは入らなかったが、わずかなりと、気分は切り替えられた。

「決めたか」

「いや、保留する」

後ろ向きなことを、きっぱりと全力で宣言する。

「急いで決めないといけないことでもない。もうちっと足掻《あが》いてみるさ」

「調査を進めると？　ループの謎については、既にネタバレしているのに？」

「ちょいとバレを聞いただけ、だろ。オレぁお前ほど読書にも観劇にも通じちゃいないがな、ひとつの作品の魅力を本当にすべて台無しにできるほど凝縮されたネタバレなんてものは、拝んだことがねえんだよ」

強気に言い放ったのは、自分のその理屈に縋るためだ。

判断にはまだ早い、この閉鎖市街にはまだまだ謎があって、考慮するに足る判断材料が眠っているはずだ。

「せっかくの体験型ＳＦだろ。ページを破り捨てる前に、もう少し味わおうぜ」

そう考えなければ、やっていられなかった。

◇

渋谷《しぶや》駅を経由し、また、壁の近くまでやってきた。

眺めは昨日と変わらない。一見して何の異常もないように見えて、人の姿と気配だけが、ごっそりと抜け落ちている。

「やるのか？」

「ああ」

メリノエの取り出す大型拳銃を構える。撃つ。

同じ場所、同じ条件、同じアプローチ。そして結果も同じ。

虚空にしか見えない場所に着弾して、一瞬だけ紫色の障壁が露出し、すぐに修復されて元の景色が取り戻された。

「まあ、そうだよな」

壁の脆《もろ》いところも、そこを射貫くのに必要な火力も、既に判明している。やろうと思えば大穴を開けられたはずだ。だが今回の目的は、そうではない。

「何か分かったか？」

「何もわからん、がわかった」

「成程《なるほど》、大収穫だ」

頷き合ってから、二人、街のほうへと顔を向ける。昨日はこの後、そちらの方角から襲撃を受けた。ここまで同じ状況を揃《そろ》えれば、やはり同じように襲ってくるだろうと予想をしていた。

その予想は外れた。

「来ぬな」

メリノエが首を傾げた。

「そうだな」

さらにしばらく待っていても、何も現れない。

時計を確認する。昨日ここに来た時よりも、少しだけ遅い時間。違いはそのせいだろうかと考える。

「警護当番の休憩時間に当たっちまったかね」

「かもしれんな」

いちおう十分ばかり追加でその場で待機してみる。諦めて移動する。

場所を変えて、幾度かまた壁を撃ってみた。

やはり、成果はなかった。壁は一瞬しか見えないし、簡単には壊れてくれそうになかったし、いくら待っても襲撃者は来なかった。

弁当を買ってきた。

無人の街の車道の真ん中にレジャーシートを敷いて、壁の方向を睨みながら、昼食を摂ることにした。

「夜空とは、どういう娘なのだ？」

からあげをつつきながら、メリノエが訊いてきた。

「確かに造作は整っていたが、絶世のというほどでもなかろう。あの娘の何が、お主をそこまで捕らえて離さないのだ？」

「何だよ、突然」

「突然ではなかろう。吾はいつでも、お主の青春に興味を持っているぞ。何だ彼《か》んだ《なん》でここまで、細かいところを聞けずにきたが」

拓夢はうめく。

「……そう話したいもんでもねえんだよなあ」

「隠したいものというわけでもないだろう」

「そりゃそうだけどさあ。わりと言語化しづらいんだぜ、そういうの」

白飯のひとかたまりを口の中に放り込み、咀嚼して、飲み込んで、

「かっけえんだよ、あの人は」

「ふむ？」

「一言で言やあ、努力家ってやつなんだけどよ。何かをがんばってる間、いつだって、あの人は、かっこよかった」

言葉にすると、当時の気持ちが蘇《よみがえ》ってくる。言葉がするすると浮かんでくる。

「当時はオレもガキだったからな、かっこいいは正義って世界観で生きてた。だからオレも、ああなりたかった。かっこよくなりたくて、いろいろ一生懸命にがんばって」

一度言葉を切って、

——がんばれ、ゆめくん。応援してるぞ。


思い出されるのは、最後に彼女に会った時のこと。最後に聞いた彼女の言葉。

「……挫折《ざせつ》を知って、今に至る、だ」

ペットボトルのウーロン茶を呷《あお》る。

「もう会えないってのをなかなか受け入れられなくて、どうにか立ち直っても納得はできなくて、せめて東京がこうなった経緯を知りたくて、そのためだけに調停者資格をとって、でもさっぱり手掛かりがなくて、それから——まあ、その辺りはお前もよく知る通りで」

はああ、と重い息を吐く。

「そんでもって、お前相手にこんな弱音を愚痴ってるわけだ。いやまったく、改めて、先輩に合わせる顔がねえよ」

「ふうむ?」

納得したような、疑問を呈しているような、微妙なイントネーションの相槌。

「まあ、お主は佳《よ》い男だよ、拓夢。吾が保証する。この口からのこの言葉、既に聞き飽いているやもしれんがな」

拓夢は苦笑する。確かに、メリノエの口からのそのような言葉は、聞き慣れている。そして、そのことで心が軽くなっている自分がいるのだ。

「ありがとよ」

だから素直に、こう言える。

「お前がパートナーで、本当に助かってる」

「うむ」

メリノエは誇らしげに頷き、弁当の箱を閉じようとする。

「野菜も食えよ」

「う」

動きが止まる。箱の中には、根菜の煮物がまるっと残っている。

「話の流れでごまかせるかと思ったか。出されたもんは、全部食え」

「むうう」

悲愴《ひそう》な顔で、メリノエは箸を動かす。それを見張りながら、拓夢は自分の食事も進める。車道の真ん中、レジャーシートの上、無人の街中。いつも通りの自分たち。見渡す限りの街は平穏そのものだった。

◇

手ごたえのない調査を、もう少し続けた。

身が入っていないのだから当然といえば当然だが、成果と呼べるようなものは、何もなかった。

そうしているうちに、だらだらと太陽が傾いていく。

◇

気づけば、寺社めぐりが始まっていた。

まったくARタグが貼り付けられていない、極彩色のライトに照らされてもいない。当たり前だが、古い時代の神社仏閣の姿そのままだった。懐かしくもあり、そして、妙な新鮮さすら感じる。歩いているだけで、気分が少し落ち着く。

手水《ちょうず》でばしゃばしゃ遊び始めたメリノエをたしなめる。

神籤《みくじ》を引いた。中吉。争事《あらそい》の項を見る。「逃げるを考えるな」というシンプルな一文。

——そう簡単じゃねえんだよ。

嘆息した。

目の前の選択肢が、それを許してくれないのだ。

自分の気持ちから逃げて、任務を遂行するか。自分の役割から逃げて、このループに自ら身を委ねるか。逃げることを考えなければ、どちらも選べない。

そう、二つの選択肢の、どちらも——

「なあ」

ふと、思いついたことを尋ねてみる。

「さっき、ループシステムが生きたまま壁を壊したら閉鎖市街《ここ》が消える、って言ったよな」

「ああ」

そんならだよ、と拓夢は身を乗り出す。

「壁より先にループシステムだけを壊せば問題ない。そういう話には、ならないか？」

3.

ふだんやらないことをすると、テンションが上がる。

初めてのサボりと、謎の解明。寂院夜空は、ちょっと楽しさを覚え始めていた。

まず最初に、駅のトイレで私服に着替えた。制服をコインロッカーにぶちこんで、イケナイコトをしている罪悪感に身を震わせた。

そのまま次に、自室で抱いたあの謎の確信に導かれるまま、しばらく歩いた。

喫茶店を見つけた。

「ここ……の、中？」

横目に『焼きたて抹茶シュークリームセット（たっぷり増量中！）』の看板を見ながら中に入る。確信が示した先のテーブルに着く。コーヒーを注文し、辺りを見回してみる。

何の変哲もない、ちょっと雰囲気がいいだけの、ふつうの喫茶店。ここが一体、何だというのか。自分はなぜ、ここに「何かがある」と確信してしまっていたのか。

コーヒーを口に含んだとたん、耳元で何かが聞こえてきた。

――これ、飲んで大丈夫なのか？

ぎょっとなった。

――お主はあれだ、図体《ずうたい》のわりに、ずいぶんと可愛《かわい》らしい心配をするのだな？

誰かが、すぐ近くで会話している。

改めて見回してみるが、店内にそれらしい二人はいない。

――予算あんまないって、オレ言ったよな⁉　お前聞いたよな⁉

壊れかけのイヤホンから音が漏れている、ような感じだ。

声はところどころがかすれていて、全体の流れは聞き取れない。だが雰囲気は伝わってくる。仲のいい兄妹、といったところだろうか。文句を言いながら面倒見のいいお兄ちゃんと、その兄を困らせることを楽しんでいる妹。たぶんそんな感じだ。

そして、改めて確信した。

この兄妹（?）の兄のほうの声とイメージに、覚えがある。寝起きの時に自分が思い出しかけた光景の中にいた、あの男性。夢太郎だ。

「なんで、だろ……」

特徴のある声、だと思った。別のどこかで聞いたことがあるような気もした。よく知る誰かの声に似ているようにも思えた。夜空はコーヒーをまた一口含み、
また新たな謎の存在に気づいた。

ここからまた離れた場所に、何かがある。なぜだかそれが確信できる。

「うわ」

不気味だ、とは思った。自分の記憶の中に、自分の知らない何かが混ざり込んでいる。それはもう、普通に気持ちの悪い話だ。

けれど同時に、やったぜとも思った。どうやら謎解きのヒントはまだ打ち止めではないらしい。学校をサボった甲斐《かい》はあったのだと。

次に訪れることになったのは、古いプラネタリウムだった。

何十年も営業してきたのだろう。設備も古ければ上映プログラムも古い。二十一世紀を迎えた今の時代、もはやその古さ自体がコンテンツである。席に座って一通り楽しんで、太陽の下に戻ってきたときに、またあの二人の会話が聞こえてきた。

――想像するだに可愛らしい純真さではないか。

――いや、想像すんなよそんなん。

随分とおませな妹さんだな、と思う。

そして、次の手がかりについての確信を抱く。


公園のベンチ。

――食うか喋《しゃべ》るか、どっちか片方にしろ。行儀が悪いだろう。

――うむ、確かに。

改めて、今自分は何に振り回されているのだろうと考える。

つまりこの、謎の確信と謎の声についてだ。

オリエンテーリングかスタンプラリーか、とにかくそういうタイプのゲームをやっている気分だ。スタート地点はほとんど闇の中。常に、その時いる場所の一歩先までしか見えない。けれど、一歩を着実に重ねていくことで、最終的な答えに近づいていける。そういうやつだ。

もしくは。猟犬とか警察犬とかは、こういう気持ちで仕事をしているのかなと思う。人間には見えない手がかりを感じて、それを辿《たど》って進むことで、追いつくべきものに追いついていく。

「……やっぱ超能力なのかな、これ」

どこからともなく湧いてくる謎の確信。どこからともなく聞こえてくる謎の会話。

ふつうに考えれば、自分は何かを忘れているだけなのだろう。忘れたことも忘れていて、だから、思い出した時にも思い出したと感じられていない。だから、謎の確信がいきなり降って湧いたように見えてしまう。シナプスの破損がどうのこうの、という理屈を心理学だったかの本で読んだ気がする。

しかし、その解釈では、当事者がピンとこないし、面白くもない。

何というかこう、もう少しテンションの上がる考え方はないものだろうか……と考えると、やはり、「そういう能力に目覚めたのだ」系の解釈がイイ気がしてくる。思春期にして枯れかけていたタイプの情熱が再燃するのを感じる。

事実かどうかはともかく、自分の中ではそういうことにしておこう。ちょっと恥ずかしいけど、どうせ誰に言うわけでもないし。

ああそうだ、誰にも言わないついでに、名前も決めてしまおう。「パン屑の道標《ブレッドクラム・ビーコン》」なんてどうだろうか。森の中のヘンゼルとグレーテルだ。気取りすぎかな、わはは。

楽しい超能力オリエンテーションは、昼過ぎまで続いた。

そして、ゴールとは呼べない場所で、あっさりと終わった。

◇

誰もいない。

渋谷駅から、そう遠くない場所である。平日の昼間である。賑《にぎ》わっているべきとまでは言わずとも、無人というのは考えにくい。通行人だけではない。コンビニに入っても、美容室を覗《のぞ》き込んでも、オフィスビルを見上げても、人の姿がまったく見えない。

「ええ……」

現象としては理解不能としか言いようがないが、理由については心当たりがある。

夜空自身、ここに来るまで、ずっと、謎の抵抗を感じていたのだ。そちらに行きたくないという気持ちが膨らみ、違うところに行きたいという思考が湧き出てきて、何度も足を止めそうになった。パン屑の道標《ブレッドクラム・ビーコン》（仮）が目的地を示し続けていたからこそ突っ切ることができたが、そうでなければ当然のように引き返していただろう。

——あんまり暴れんなよ、地域住民にご迷惑だろ！

この場所で交わされていたのであろうその会話も、うまく聞き取れない。何やら、走り回るか飛び跳ねるかしながらのようには聞こえるのだけど。

そして最大の問題点は、ここで、次の目的地への道標《ビーコン》が浮かんでこなかったことだ。

「ええー……」

能力（仮）に頼り切ってここまで来たので、いきなり沈黙されると、次にどこへ行けばいいのかがわからない。ここまでで必要なヒントは出揃《でそろ》っているのだ、あとは自分で推理しろ、ということだろうか。そういうのは名探偵相手にやってくださいとしか言いようがない。ごくふつうの高校生でしかない寂院夜空に、そういう隠し芸はない。

それはそれとして、手元のヒントをもとに、考えてはみる。

探し人の容貌は、ぼんやりとだが、思い出せている。がっちりした体つきの、推定二十代男性。精悍《せいかん》ではあるけれど、どこか人懐っこい。つまり、拓夢少年に似ている。

「……夢太郎さん。ゆめくんの親戚、なんだっけ……」

そういったことまでも、思い出せている。

けれど、そこまでだ。どういう人なのかとか、何をしているのかとか、今どこにいるのかとか、そういったことには確信がつながらない。付け加えるなら、なぜ自分がそこまで彼のことを気にしているのかも、自身のことなのに、さっぱりわからない。

それと別に、この場所の異常さについても、無視はできない。非常事態でもないのに、きれいさっぱり無人の街。ここだけの現象なのか、それとも気づかれていないだけで、東京のあちこちで同じようなことが起きたりしているのか。

自分の見ている世界は、本当に自分の知る通りの姿をしているのか。そこまで疑い出したらきりがないのはわかっているが、妄想は際限なく膨らむ。短編ＳＦなどでよく見るアレだ。自分たちは、作られた小さな箱庭の中で、巨《おお》きな地球の上で生きる夢を見ているだけなのではないか。

「うーん……」

道端に座り込む。あまり行儀はよくないが、どうせ誰も見ていない。

諦めるつもりはない。まだできることは、あるような気がする。確信でも何でもなく、本当にただ、そんな気がしているだけだけど。

4.

「壁より先にループシステムだけを壊せば問題ない。そういう話には、ならないか？」

拓夢の問いに対して、メリノエは小さく嘆息した。

「ならない、とは言わない。だが、いくつかの問題がある」

「というと？」

「ひとつめ。ループシステムを壊すという、その手順が見えていない。おそらくは演算の中心となる装置が都内のどこかに設置されているが、その場所をつきとめる必要がある。

……まあ、これは手間と時間をかければ解決できる問題だが」

「おう」

「ふたつめ。ループシステムは船室《キャビン》の機構と深く噛《か》み合っている。器用に一部だけを壊して残りを無事に残す、というのは通らない。本来なら船室《キャビン》は自律で機能するものだが、そうもいかなくなる」

「そりゃ、あ……」

確かに、問題だ。

「不思議なメリノエパワーでどうにかならないのか」

「一応出来る」

「できんのかよ」

「ハッキングして、船室《キャビン》のコントロールを奪う。そのうえで、自律で動かせなくなるぶんを、手動で補う。易いとは決して言わぬが……まあ、たぶん、出来る」

適当なことを言っただけなのに、予想外にガチの返事が戻ってきた。

「どうにかその状態に持ち込んだとしてだ。そこから、どのくらいしのげば壁を壊せるようになる?」

「わからん。数日で済むかもしれんし、数ヶ月かかるかもしれん。年単位にまではまず長引かんとは思うが……どうあれ、長くはかかるだろうよ」

数日。数ヶ月。どちらにせよ、短い時間ではない。

「その間、船室《キャビン》の主が黙って見ているはずもない。長い防衛戦を潜り抜ける必要もある。成功率は、決して高くはないだろう」

少なくとも。先に提示されていた選択肢――壁を壊し街を消滅させるか、解決を諦めてこの日に永住するかは、どちらかを選んでしまえばそれでよかった。必ず成功し、選んだ通りの結末に行きつけると約束されていた。

しかしこの三つ目の道は、どうやら、それらよりも少しだけ、険しい。

「それに――」

「まだ何かあんのか」

「――いや、何でもない。お主の考えるべきリスクは、そんなものだ」

メリノエは肩をすくめ、それ以上は語らない。

会話が止まった。

街中に戻る。歩く。

ベンチで休んだり、本屋で時間を潰したりして、また歩く。

商店街に迷い込む。

威勢のいい呼び込みの声が聞こえる。らっしゃいらっしゃい良いアジ入ってるよ奥さん今夜の予定は何だい。学校帰りの小学生たちが、集合場所の約束をしながら、それぞれの家に向かって駆けてゆく。電器屋の近くに差し掛かり、今週のヒット曲が大音量で流れているのを聞く。

「やろう」

ぽつり、小声でその決断を口にした。

「三つの選択肢の中で、それが一番、胸を張れる」

「そうか」

驚きもせずに、メリノエは頷いてくれた。

◇

「先ほども言ったが」

メリノエは指を立てる。

「都市内のどこかで、装置——何というか、スパコンめいたものが動いているはずだ。それを見つけて物理的に破壊する必要がある」

「OK、ようやく調査任務っぽくなってきた」

右の拳を左の手のひらに打ち付ける。無理やりに笑う。

「思い出巡りの観光客だけじゃ勘が鈍る」

「吾は、もう少し楽しみたかったがなあ」

メリノエが唇を尖《とが》らせる。

「まぁ佳い。問題は、具体的にどのようにして、その調査を進めるかだが」

「そりゃあれだ、地道にやるしかねえだろうさ。航空写真でヒントを探す、電力会社のデータで異常消費してる場所を見つける、特殊なパーツを使ってるならその入手ルートを追う。いろいろあるだろ？」

思いつくまま並べた。

そのどれもが、もちろん、時間ごと閉じたこの東京では難しい。しかしそれを理由に、ようやく上げられたばかりの顔を伏せたくはなかった。

「つうかまあ、そういう方針になると、話を通さないわけにもいかねえか」

「ん？　誰にだ？」

「柊サンだよ。そのスパコンについても、もう何か摑《つか》んでるかもだろ。異星技術の超機械ではあるわけだし。さすがに用途は偽装してるだろうが、警察のデータベースに登録済みかもしんねえし」

言いながら、拓夢は自分のポケットに手を入れた。前に渋谷の捜査課を訪れた時にもらった、連絡用のＰＨＳを取り出そうとした。

ない。

一瞬だけ戸惑ってから、自分の勘違いに気づいて苦笑する。

捜査課であれをもらったのは昨日の出来事だった。ループが起きれば所持品は初期化される、そして今日は捜査課に近づいてすらいない。まったく、同じような日が繰り返されていると、その辺りの感覚が鈍くなる。

（――ん？）

何かが、ひっかかった。

昨日の自分はＰＨＳを持っていた。今日の自分は持っていない。その事実は、これまで自分が抱いてきた違和感のどれかと、噛み合うような気がした。

「どうした？」

「いや……」

口元を押さえて、考える。

「そうだ。あの、煙草《たばこ》……」

連鎖するように、また別のことが思い出される。

「確か……銘柄は、イドロメル・ドレ……薬効は……いや、でも、だとしたら、あの言動はどういうことだと……」

ひとつの、悪魔のささやきのような仮説が浮かんだ。

そんなはずがない、と思った。ありえないと思いたかった。否定する材料を探した。見つからなかった。

空が、ごろりと鳴った。空を、色の濃い雲が流れていくのが見える。

道行く人々が、慌てて走り出すのが見えた。もうすぐ雨が降り始める。

「拓夢?」

「電話を探す」

「お、おう」

公衆電話を探す。

誰もが通信手段を携帯していたわけではないこの2002年において、公衆電話は現役まっさかりのインフラだったわけで、都内だけで十万に近い数が稼働していた。というわけで、簡単に見つけることができた。

小さな公園のそば、電信柱に寄り添うように一台の電話ボックスが設置されている。ガラス張りの扉を押し開き、箱の中に潜り込む。

メリノエがついてくる。

そもそも一人用に設計されているボックスに、二人入りはさすがに狭い。出ていけと言いかけて、気づく。空を雲が流れている。今にも雨が降り始めそうだ。

「出ていけとは、言うまいな?」

わかっているぞとばかりに言われ、舌打ちをする。

「言わねえから、口は挟むなよ」

「ふむ? よくはわからぬが、承知した」

備え付けられた小さなトレイの上に、手持ちのコインをぶちまける。

壁一面にべたべたと貼られたシール——ほとんどはいかがわしげな店の宣伝だがチョコ

レート菓子のおまけのそれも交ざっている——を一瞥《いちべつ》、受話器を取り上げる。番号は覚えている、そのまま入力する。

十秒ほど経って、回線がつながった。

『私だ。気球は回収されたか？』

思い出す。コードブックの７９Ｄ、気球について問われたならば返すべき言葉は、

「牧場に散らばっていた残骸を、保安官が集めている」

ふむ、と回線の向こうの声は納得の声をあげた。

『公衆回線からの呼び出しとはね。この番号とコードを知っているということは身内ではあるのだろうが、何者だ』

「畔倉《あぜくら》ス」

『……知らぬ名だ。説明を求めても良いかね』

「ははっ」

拓夢は小さく笑う。

「芝居はもういいぜ、柊サン。役者じゃないんだ、得意ってわけでもねえだろう」

『うん？』

当惑の気配が伝わってくる。

『どういう意味だね？』

「もうバレてるってこったよ。このループから外れてるのは、オレたちだけじゃねえ」

強く、言い切る。

「あんたもだ。あんたはループの存在をもとから知っていたし、それを守る側の立場についている。そうだろう？」

5.

長い沈黙。

ただ、互いの呼吸音だけが、受話器越しに聞こえている。

『なぜ、そう思うのだね？』

その質問は、こちらの指摘の正しさを認めるものだった。

「別に推理とかじゃねえよ。昨日や一昨日に、あんたが吸ってた煙草について思い出しただけだ。イドロメル・ドレ。意識を肉体から遊離させる一種の麻薬で、オレらの時代じゃCランク禁制品。本来は遊興目的だけに使われるものだが……」

言葉に力を込めるため、そこで一息を挟み、

「吸い続ければ、精神が肉体に引きずられなくなる。つまり、ループで肉体が巻き戻されても、あんたの意識やら記憶やらは、保ててるんじゃないか」

『驚いた』

素直な感嘆の声を聞いた。

『本当に優秀な調停者なのだな、君は。専門ではなかろうに、禁制品の詳細データまで覚えているのか』

「先輩の教えがよかったんでね。それに、別のヒントもあった」

公衆電話が、残り時間が少なくなってきたことを訴えてくる。早くないかと思いつつ、コインを突っ込んで黙らせる。

「昨日のオレたちは、壁際で襲撃を受けた。そんでもって、〝今日〟は襲われてない。同じように壁に近づいたはずなのにな」

『偶然とは考えられないかね』

「もっと納得しやすい違いがあるだろ。昨日のオレは、あんたからもらったPHSを持ってた。それが今日はない。GPSだか臭いだかを目印に、人気のないところまでつけさせてから襲わせた、結果としてその場所が壁際だっただけと考えれば、筋が通る」

柊は静かに聞いている。拓夢は続ける。

「カヴァイド文化圏の傭兵《ようへい》ロボット、だったか？　Aランクの禁制品だよな。警察組織を使えるあんたなら、稼働できるものを鹵獲《ろかく》していても不思議はない。個人の権限で自由に使えるようなものじゃあないだろうが、なに、勝手にやっちまえばいい。どんな問題になったとしても、どうせ夜を過ぎたらなかったことになる」

『一回襲われた、一回襲われなかった、それだけで結論するのは早計ではないかね。理論というものは、もう少しサンプルを集めてから組み立てるものだ。一度の観測現象だけで思い込みの法則を語るなど、学者がやったら学会の笑いものだぞ』

「そこまで長期戦に付き合う気も、付き合わせる気も、ねえんだよ。オレは確信した。そんでもってあんたも、本気で惚《とぼ》ける気は、ないんだろ？」

再び、長い沈黙。

激しい雨が、ボックスの天井を強く叩いている。

公衆電話が追加のコインを要求してきた。突っ込んだ。


『同じ一日を、何度繰り返したか……』


嘆息と間違えそうになるほど、重い声。

『数えることを諦めてから、だいぶ経つ。老けることもできぬこの地では、時間が流れているということ自体の実感が抱けない』

「柊サン」

『どうせ、そちらでも推測はしているのだろう？　答え合わせをしよう。私も、たまには自分語りをしたい。なにせ、ずっと誰にも愚痴ひとつ言えずにいたのだからね』

ははは、と柊は虚しく笑う。

『イドロメル・ドレを喫い始めたのは偶然でね。私はたまたま、この閉鎖市街が同じ日を繰り返していることを知った。最初は怒りに燃えたよ。仲間と言えるメンバーにも同じものを喫わせ、百を超える数の6月5日を調査に費やした』

「……だよな」

そのはずだ、と拓夢は思う。

柊豪十郎《ごうじゅうろう》は、この時代の調停者のエースだった。この地にあってはそれは過去形ですらない。ならば、戦ったはずだ。これは推測というより、そうあってほしいという、拓夢個人の願いにも近かったが。

『そして、バ、い、い、バー＝ビョエル＝バ、い、い、い、を殺した』

「え……は⁉」

耳を疑う。

バー＝ビョエル＝バー。この船室《キャビン》の主の名前。

『苦労したとも。通常のやり方では、ループとともに全ての命が蘇ってしまう。ループの外側で死を迎えさせる、その手段を探すのにも、随分と時間がかかった』

「……じゃあ、この船室《キャビン》は、今」

『本来の主が不在のまま、全自動で機能している』

いや、待て。

それはおかしいのだ。主は、いるはずなのだ。なぜなら、メリノエが暴いたタイムループの発動条件が、「主が眠りにつく」だったのだから。

『船室《キャビン》の核とでも言える装置も発見した。破壊しようと思えばできる、そこまでも到達した。しかし、できなかった』

「……壊せば、この街そのものが塵に還る」

『そういうことだ』

同じ結論まで、柊たちは行きついていた。自分のように、メリノエという反則存在《チート》に頼ったわけではない。愚直なまでの正攻法で勝ちとったのだ。

『もうそんなことまで突き止めたのか。本当に優秀だな、君たちは』

素直な感嘆の声。

自分の奥歯の軋《きし》む音を、拓夢は聞いた。

『防ぐには、半壊状態の船室《キャビン》を、維持し続けなければならない。来訪者の技術の頂点ともいえるものを、地球人の技術で制御しようと試みる。不可能だ。この街のすべてをコインにして不可能に賭《か》ける、私には、その勇気がなかった』

拓夢には、その判断を責められない。

自分にだって、その選択肢を選ぶ勇気はなかった。

『それでも壊すべきだと、仲間は言ったよ。対立した私たちは殺し合った。私が勝ち、仲間は死んだ。死んだ仲間は、これまで留めてきたすべての記憶を失った形で、翌日からは何もなかったかのように、元の生活に戻った――』

「……そ、スか……」

うめくように、拓夢は言った。

『だから、私としては、やはり君には一度死んでほしいわけだ』

「話がすごい方向に飛ぶスね」

『一度死ねば、その翌日には、何も知らない閉鎖市街の民として6月5日の住人になれるだろう。それは君にとって、そう不幸な話ではないだろう？』

「それはまあ、そうスけどね」

２００２年の東京は、拓夢にとって、居心地《いごこち》のいい場所だ。そこまでは認めよう。だが、そこから先を認めるわけにはいかない。

その選択肢を蹴って、今自分は、こうしているのだから。

「オレたちがいれば、不可能じゃ、ないんスよ」

『ほう？』

「船室《キャビン》の維持は、メリノエがやる。危険はあるけど、オレが護衛する。絶対と約束はできないけど、不可能ってほど分の悪い賭けじゃない」

協力してもらえないスか、と拓夢は問う。

『いい目標だ』

柊の笑い声には、力がない。

『その夢を共に追うには、私は少し、疲れすぎた』

「あんたと戦いたくはないんだ」

『私もだ』

二人、また沈黙する。

公衆電話がコインを要求する。お前いい加減にしろよ。

ていうかもう小銭がないぞ、どうすればいいんだこれ。

『統央《とうおう》カイロスタワービル』

「は？」

『今日このあと、そうだな、午後7時でいいか。来られるかね』

いきなり何を、と思った。

『船室《キャビン》の核、およびループシステムの制御装置は、そこの二十八階に設置されている』

拓夢は言葉を失った。

『私がこの生き方を選んだ場所。仲間と決別した場所。言うところの、思い出の場所というやつだが』

柊は首を振ったのだろう、そういう気配が受話器越しに伝わる。

『戦術的に考えて、君を迎え撃つのに最も有利だろう』

「何でそうなる」

『君たちは優秀だ。この場を惚けたところで、どうせ君たちはすぐ、自力で突き止めるだろう。ならば、準備と覚悟のできる、今日中に決着をつけてしまったほうがいい。君たちにとっても同様だろう。ことここに至り、時間は君の味方ではないのだから』

ごもっとも。

今日決着をつけようという、この誘《さそ》い。拓夢にしてみても、これに乗るのが最善手に近い。明日以降になってしまうと、この地で地位を持つ柊のほうが、多彩な手を打てるからだ。手配犯にされ、追われながらでは、今日までのような暢気《のんき》な調査すらろくに進められないだろう。

『私と君。生き残ったほうが、記憶を保ったまま明日以降も戦う。シンプルだろう?』

「一緒に戦うわけには、いかないんスか」

『そういう提案は、勝者になってからしたまえ』

これにもまた、返す言葉がない。

「午後7時で、いいんスね」

『ああ。多少なら遅れても構わんよ、耐えて過ごすことには慣れている』

「ははっ」

まったく笑えないユーモアだと思った。だから笑い飛ばした。

その瞬間、公衆電話の通話時間が切れた。

ふざけんなよ、こら。

電子音だけを鳴らす受話器を、拓夢は叩きつけるように元の場所に戻した。

◇

本当にそれでいいのか、とメリノエは訊《き》いてきた。

本当にそれでいいんだ、と拓夢は答えた。

そうして、二人は戦いに向かうことになった。


と、そう話が進めばそれなりに絵にもなったし決戦前のテンションも維持できたのだが、現実はそう甘くない。

「統央、カイロスタワービル、と……あった」

手近にインターネットカフェが見つからなかったので、図書館で紙の地図を使って、場所を特定する。そこまでの道筋を確認する。

「……ああ、ここなのか」

すぐに顔を上げた。

「知っている場所だったか?」

「場所だけはな。〝一昨日〟に近くまで行っただろ」

「お?」

どれどれ、とメリノエが同じ地図を覗き込んでくる。その圧に押しのけられるように拓夢は体を反らし、ついでに空を見る。晴れている。

「ああ、あの映画館の傍なのか。デートをすっぽかされたという」

「要らんディテールまで思い出すんじゃねえ」

ともあれ、そういうことだ。拓夢は頷く。

「あの話も、詳しく訊かねばならなかったな。先にどこかに寄っていくか？」

「んな時間あるか。そもそも、もう東京観光してる場合じゃねえだろ」

「莫迦者《ばかもの》。物事の優先順位を履き違えるな。お主のセンチメンタルエピソードよりも優先するべきことなど、この形而下万象《けいじかばんしょう》にあるはずがなかろう」

真面目な声でふざけたことを言うな。

「つーか、今は大事な決闘の寸前なんだ。緊張しろ、緊張」

「ふん」

メリノエはそっぽを向いたまま、

「本当にそれでいいのだな？」

変わらない口調で、聞いてきた。

拓夢は、ああ、と小さく頷く。

「本当に、それでいいんだ」

6.

「はぁ……」

スポーツドリンクの缶をくずかごに放りながら、夜空は溜《た》め息《いき》を吐いている。

映画館のロビー。少女にとっても思い出の場所である。

目の前に、上映中の映画のポスターが並んでいる。

一枚に目を留める。新作のSF映画らしい。キャッチコピーは『この街に、囚われている』。なんてタイムリー。自分たちのこの状況もソレ系のやつなんじゃと思ってしまう。現実とフィクションの間の垣根はかくも脆いのか。そりゃあ全米も泣くというものだ。少なくとも自分は今にも泣き出しそうだ。

まいったなあ、と思う。

得体の知れない確信に振り回されて、追いかけることに今日という日を遣った。なのにその確信が、〝夢太郎〟本人に行き着く前に、途切れてしまった。

いくら手がかりを集めても、超能力（推定）に浮かれても、結論に届かないのでは意味がない。このままでは、学校をサボってまでがんばった今日の行動がすべて無駄になってしまう。そう考えると、さすがに気が沈む。

◇

懐かしいエピソードを思い出した。

夜空にとって初めてのデート、になるはずだった日、の思い出だ。

始まりは、よくある話だった。

好きなアクション映画の続編が公開されると聞いて、夜空は気分を上げていた。しかし彼女の友人たちは誰も、その喜びに付き合ってくれなかった。

仕方がない、一人で見に行くかと諦めかけていた彼女の前に、ひょっこりと、やはり同じ映画を楽しみにしている男の子が現れた。一人ずつで行くのもなんだし、二人で一緒に見に行こうとなって、

——これはデートなのでは⁉

約束をした当日夜のことである。

少年とほぼ同じタイミングで、その少女もまた、同じ結論に至っていた。

同種のバカである。

もちろん彼女も真剣だった。男女のお付き合いについてまったく考えたことがないと言えば嘘《うそ》になるが、自分のこととしてはあまり想像しないようにしていた。少なくとも、相手の少年のことを、そういう目で見てはいなかった。

彼の側はどう考えているんだろうと思った。ヘンな期待をさせたりしたら申し訳ない、逆に何とも思われていないなら、妙な気を遣うのはかえって失礼だ。どっちだ、どっちが正解なんだ。

考えた。

年頃の異性のことなどわかるもんかと結論した。

となると、せめて恥はかかせてやるまいと考えた。そういうのに詳しい友人を捕まえて、さりげないおしゃれの指南を受けた。全力でがんばれ、しかしがんばっていることを相手に気取らせるな、でも本当に気づかれないと心にキツいから適度なアピールはしておけ。迫力ある真顔でそう言われ、うんうんと何度も頷いた。


そして当日、隣家の森本さんが階段から落ちた。

森本家の構成員は、証券会社勤めの旦那さんと専業主婦の奥さん、小さな息子が二人、そして大型犬が一匹の四人暮らしである。

落ちたのは奥さん。旦那さんは出社中。二歳と四歳の子供たちは戦力にならない。犬は言わずもがな。救急車を呼んだり、旦那さんに連絡を入れたり、小さな子供たちを泣き止ませたり、急を要するそういったことのできる人間が、いなかった。

そんなところに、デートに出かける寸前の少女が、居合わせてしまった。

「うあああああ」

パニックになった。

ふだんどれだけ後輩たちに大きな顔をしていても、所詮は十六歳。人生経験のとぼしい子供に、突然のこの修羅場はきつい。

頭が真っ白になって、真っ白な頭のままで、体を動かした。救急車を呼んで旦那さんに連絡して子供たちを泣き止ませて、不安そうに吠《ほ》える犬に餌《えさ》をやって旦那さんが病院に急行する間の留守を預かってテンションの高い子供たちに体当たりされまくった。

約束を忘れていたわけではないのだ。

けれど、目の前の状況の圧が大きすぎて、頭の片隅に押しやられてしまっただけで。


祈った。

祈りながら走った。

呆れていいてほしい。怒っていいてほしい。とにかく、帰っていいてほしい。

もう、約束の時間から六時間近くが経っている。普通に考えれば、そんなに長い間を待っているとは考えにくい。常識的に考えれば、とっくに帰っているはずだ。

(でも、ゆめくんなんだよなああ!)

あの少年は、やりかねない。そう少女は知っていた。

だから走った。走りながら祈った。

そしてもちろん、祈りは天に届かなかった。少女が待ち合わせ場所に着いた時、少年はそこにいたし、呆れても怒ってもいなかった。

「ご、ごめ、な、さ、……」

息が切れていた。そしてそれ以上に、何を言えばいいのかがわからなくなっていた。謝罪も言い訳も、うまく言葉にできなかった。

そんな彼女に、少年はスポーツドリンクを差し出しながら、言った。

「おつかれさまでした、先輩」

……さて。

それはどういう意味だろうかと、少女は戸惑った。

こういうシチュエーションでの定番の回答は、「大丈夫?」とか「心配したよ」とか、その辺りだと思う。相手を責めず、逆に気遣ってみせる。いわゆるイケメン回答だ。「どうしたの?」あたりの切り口もポイント高い。なにせ申し訳なさで心が弱っている瞬間である。そんな言葉をかけられたら、あっさり惚れていたかもしれない。

なのに、なぜそこで、「おつかれさまでした」になるのだ。

「え? えー……改めて訊かれると自分でもよくわかんないスけど」

問われた少年は、頬を指で掻きながら答えた。

「先輩だから、スかね。何をしてきたのかはわからないけど、今日もすげえがんばってきたんだってのはわかるんで」

そこで歯を見せて笑い、

「がんばってる先輩はかっこいいんスよ。で、今日の先輩、なんか最高にかっこいいんで。こりゃもう絶対、すんげえがんばってきたんだろうなって。三段論法ス」

ああ、なるほど。それなら確かに、第一声が「おつかれさまでした」になるというのもわかる。理屈が通っている。納得できる。

いやいや。ンなわけあるか。

こっちはな、それこそ精一杯がんばって、かわいくおしゃれを決めていたんだぞ。服とか超選んだし化粧も変えてんだぞ。まあ、全力疾走のせいでその努力が台無しになったのは認めるけども、だからといって、なんで、そこにかけられる言葉が「かっこいい」なんだ。責められるのなら受け入れられた、けれどその方向の称賛は、なんというか、まるで納得ができない。

あまりに納得できなかったから、

「……あは、」

一周回って、笑えてきた。

駄目だなぁ、と思った。

これはデートなのでは、と思っていたはずなのだが。やっぱり自分たちの関係は、男女のお付き合いという感じではない。ここで殺し文句のひとつも言えないこの子を、自分はそんな目では見られない。

寂院夜空にとっての畔倉拓夢《たくむ》の関係は、きっともう少し複雑で、とても単純。

この子にとっての自分は、かっこいい憧れの先輩。それでいい。

だから、自分にとってのこの子は、かわいい大切な後輩。それがいい。

いつかはその関係が変わる日がくるのだろうけれど。その日までは、そういう二人でいよう。そのために、この子の前では、かっこいい自分でいよう。

そう決めた。

デートをすっぽかしたあの日、寂院夜空に、ひとつの秘密の習慣が生まれた。

がんばった日。自分へのごほうびが何かほしいという時。映画館に行くのだ。そして映画には目もくれず、入り口すぐそばの自販機で、微妙な味のスポーツドリンクを飲むのだ。

条件付けのようなものだ。パブロフの犬だ。この場所に立ち、舌の上にこの味を乗せると、いつでも思い出せる。あの日あの時の、あの少年の顔を。彼が戸惑いながら口にした、間の抜けた最高の一言を。

そのルーチンが、夜空に元気をくれる。

もっとがんばろう、という決意をくれる――のだけれど。

◇

そして、今。

もう少しだけ休憩をしよう。それから今後について考えよう。そう考えて、気づいた。

映画館のロビーには、本来、色々な人がいる。そのほとんどは、これから映画を見る人と、既に映画を見た人だ。つまり、入ってくる人と出ていく人と、二種類の人の流れがあるのが当たり前のはずなのだけど。

入ってくる人が、いない。皆が、出ていく側の流れの中にいる。

客だけではない。職員の制服を着た者たちまでもが、自然な足取りで、そのまま外へ出ていく。館内の人間の数が、見る間に減っていく。閉館のアナウンスでもあったのだろうかと思う。そんなものを聞いた覚えはないけれど――

「あれ……」

気付いた。自分の足が、無意識に動いている。

背筋を、冷たい恐怖が走り抜けた。

周りの人々と同じように映画館を出て、どこかへ向かおうとしている。そのことを、今この瞬間まで、不思議に感じていなかった。そして、違和感に気づいた今になってなお、その足は止まろうとしなかった。

「ちょ、ちょっと……」

腿《もも》を何度も叩いた。

そっちになんて行きたくないと強く考える。

ふんぬ、と気合いを入れる。力も強く込める。

そうしているうちに、どうにか体のコントロールを取り戻す。

「なに、なんなの……」

人々は変わらず、同じ方向へと歩き続けている。それぞれに自然な足取りで、会話をしたり鼻歌を歌ったりしながら。見れば、車道の事情も似たようなものだ。人の群れと同じ方向に向かう車線だけが車で埋まっていて、逆方向へと向かう車は一台もない。

立ち止まっているのは、夜空ただ一人。

近くの人に声をかけてみたが、ちらりとこちらを一瞬だけ見て、すぐにそのまま歩き去ってしまう。中途半端に反応があるぶん、無反応を貫かれるよりも、よほど気味が悪い。

これは、たぶん、あれだ。渋谷の近くで出くわしたあの現象と、同種のナニカ。

頰を冷や汗が流れ落ちる。と、

（――あ）

不意にあの直感、ええとなんだっけ、そうだ「パン屑の道標《ブレッドクラム・ビーコン》」が戻ってきた。そう遠くないところに〝夢太郎〟がいる。その確信が抱けた。

そしてその方向は、案の定というか、人波の向かう方向の逆だった。

そっちには行きたくない。どこからか、そんな気持ちが湧いてくる。

離れたい。去りたい。遠ざかりたい。帰りたい。退散したい。別の場所に行きたい。

様々な種類の気持ちが次々と膨れ上がってくる。

嫌な汗が止まらない。でも。

「金曜日になったら、関係、変わるかもしれない、けど――」

ＳＦ映画だかパニック映画だかホラー映画だか知らないが、負けてられるか。

こっちはガチ青春ストーリーの真っ最中ぞ。甘酸っぱい展開にこそなってないけど、いちおう予約はしているんだ。邪魔をするな。そういう気持ちで。

「今日のわたしはまだ、ゆめくんの、かっこいい先輩、なんだよねぇ！」

がんばって、がんばってがんばってがんばって、ありったけの勇気を振り絞って。

踏み出す。前へ。

7.

異星の技術に、人除けというものがある。特定の場所に細工をして、地球人との無用な接触を避ける技術。在地来訪者の間ではそこそこポピュラーに知れ渡っていて、それを応用した護身グッズまで売っている……とメリノエは言っていた。

だから、今ここでそれを柊が使っていることに、不思議はない。


風が強い。

乱れる髪を押さえつけながら、街を往《い》く。

「静かだな」

「ああ」

目的地に近づくにつれ、目に見えて人の数が減っていった。残り200メートルくらいになると、誰一人として見かけなくなった。これなら、多少派手に暴れたところで人的被害は出ないだろう。こうして対立こそすることになったが、柊が閉鎖市街の守護者であろうとしていることは疑っていない。その点は安心してよさそうだ。

目的地、統央カイロスタワービルが見えてきた。

全高100メートルを軽く超える偉容《いよう》。壁面はほとんどガラス張り。流線を取り込んだ、近代的なデザイン。ずいぶんと金がかかっているのだろうし、詳しくは調べてこなかったが、相応に金のある会社しか入っていないのだろう。

見たところ、オフィスの灯《あか》りは、そのほとんどがついたままだ。なのに、人の気配だけが、まるで感じられない。人除けによって無理やり無人にさせられたので、誰も消灯などをしていかなかったということだろうか。

「淹《い》れたばかりのコーヒーが置きっぱなし、とかもあるかもしんねえな。何つったっけか、ポルトガルで昔見つかった漂流船のさ」

「マリー・セレスト号か？」

「それそれ。ガキん時に雑学事典で知って、マジ怖かったんだよなアレ。たまたま親が離れてたキッチン見て、悲鳴あげちまったりさ」

「そのエピソードは後で詳しく聞くとしてだ。目の前で再現された今の感想は？」

「電気代がもったいねえな」

そんなことを言い合いながら——

足を止める。

目前のビルの三階ほどの高さ、壁面のない、開放された一画がある。空中庭園のような場所なのだろうか、離れた場所からも観葉植物がちらほらと見えるその場所に、ふたつの人影が立っているのが見える。

一人は、もちろん柊。不敵に腕組みをして立ち、こちらを見ている。

もう一人は、見覚えのない少女。髪も服も瞳も、すべてが赤い。不安そうに柊の肘を摑み、こちらを見ている。

「あれが、ドルンセンジュ、か……？」

いかつそうな名前には似つかわしくない、可憐《かれん》な姿だ。もっとも相手は異星の者なのだから、どんな見た目をしていようと、中身はわかったものではないわけだが。

「むう。守ってやりたくなる系の清楚《せいそ》キャラか。吾と被っているな」

不満そうにメリノエが声を漏らす。

「図々しいことぬかしてんじゃねえ、一応決戦前だぞ」

「何を言う。これこそ決戦の要、何よりも大切なことであろうが！　ヒロイン度が高いヒロインがいるほうが主人公陣営っぽいのだからな！」

「そうかいそうかい」

とりあえずこいつはほっとこうと思う。

思い出す。装置は二十八階にある、という話だったか。見上げてみた。

「高いな……」

メリノエに大砲を出させてここから砲撃、という案が浮かんだ。すぐに捨てた。柊の前でそんな大きな隙を晒せば、確実にやられる。

歩を進める。

視線は柊へ。柊の視線もまた、まっすぐに拓夢へ。

柊が右腕を横に差し出す。
赤い少女がその手をとり、自らの頬に触れさせる。
一瞬の後に、少女の姿をしていたそれの輪郭がほどける。
ぬめりを帯びた赫色《かくしょく》の液体となり、
無数の帯のようになって、
撓《しな》り、唸《うな》り、踊り、柊の両腕を包み込む。
縛り上げる。

――こいつも、融合系の来訪者か。

厄介だ、と思う。

先日のクーハバインのケースと同様だ。融合している地球人の来訪者を相手にする時には、有効な攻め手が限られる。地球人にしか効かない攻撃も、来訪者にしか効かない攻撃も、そのどちらとも言い切れない今の彼らには通じない。どちらにも効く弾丸もあるにはあるが、あまり使いたくはない。

融合を終えてなお、柊の外見はおおむね地球人のそれだ。ただ上半身の肌のほとんどが、神秘的な光沢を保つ赫《あか》い甲殻に置き換えられていることを除いて。

「強いな、あれは」

「だろうな」

拓夢は重く息を吐く。

視線は柊とドルンセンジュ、混ざり合った二人に向けたまま、

「どうする」

「どうしたものかな」

悩んでいるかのように答えたのは、限りなく嘘に近い。答えはもう、ほぼ出ている。

「借りていいか」

「やれやれ。わかってはいたが、やはりそうなるか」

メリノエは、緊張感なく首を振る。

「まずは様子見と言いたいのは山々なんだけどな。それで瞬殺されるわけにもいかねえし。そもそも、決闘には全力で挑むのが作法ってもんだろ」

拓夢は、正面を向いたまま、右腕だけを右へ突き出した。

「作法とまで言われると、拒めんな」

メリノエは、正面を向いたまま、左腕だけを左へ突き出した。

ふたつの拳が、軽くぶつかり合う。


「〝遠き星の朋《とも》よ、微睡《まどろ》む小さき泡よ〟」拓夢は吟じた。

「〝遠き刻《とき》の裔《すえ》よ、終天《しゅうてん》の彼方の光よ〟」メリノエが応じた。


まるで魔法の呪文のようだ、と拓夢は思う。

その正体は、一種の認証コードだ。力を振るうたび眠りに引きずられるメリノエは、平時はうっかり全力を出さないように、能力にロックがかけられている。これを、調停者との皮膚接触および規定長の音声認証によって解放する。

妙に遠回しで詩的な言い回しになっているのは、メリノエの強い希望によるものだ。その真意はわからなかったが、珍しく真面目な顔の彼女に圧されるようにして、拓夢はそれを……この呪文めいた、あるいは祈りめいた認証コードを受け入れた。


「〝翳《かげ》は寂《しず》かに漆桶《しっつう》に落ちる〟」拓夢は続けた。

「〝縁《よすが》は儚《はかな》く敗忘《はいもう》に蕩《とろ》ける〟」メリノエも続けた。

「〝佳《よ》き夢を〟」拓夢はコード入力を締めた。

「〝靭《つよ》く彼誰《かわたれ》の時を〟」メリノエもそれに応えた。

熱が溢《あふ》れた。

そう感じた。

実際に溢れたのは、深紫色をした無数の糸だ。拓夢の周囲の空間から飛び出してきたそれらは、瞬時に拓夢の全身に絡みつき、締め上げ、同時に自らを編み上げる。

成形に必要とした時間は、せいぜい二秒ほど。ゴム弓を弾くような音とともに、そ、れ、は具現化を完成させる。

意識を失った少女の体が、その場に倒れ込もうとする。寸前で抱き止め、近くの街路樹のそばに横たえる。

さて――

「急がねえとな」

呟《つぶや》き、視線を改めて柊らへと向ける。

バイザー越しの視界は、少しだけ狭い。が、不便はない。

まだ距離がある。だいたいの目算で、水平方向に30メートル、垂直方向に10メートル。むろん、走ったり飛び跳ねたりで詰められる距離ではない。生身のままなら。

地を蹴る。

小型のミサイルを撃ち込んだような炸裂音《さくれつおん》と、それにふさわしい衝撃。足元のアスファルトが砕け、拓夢の体は高く宙へと打ち上げられる。数十メートルの距離が、見る間に零へと縮められる。

柊の目が、驚愕《きょうがく》に見開かれる。

拓夢は蹴りを繰り出した。紫電の軌跡を描いた右脚で、柊の首を狩ろうと試みる。直撃は右の腕甲で防がれ、衝撃で3メートルばかりの距離をとられる。

庭園の床に着地、すぐに間合いを詰めようと重心を下げたところで、身をよじる。白い一筋の光条が拓夢の脇腹を舐《な》める。跳ねるように回避機動。続けて六条ばかりの光が拓夢を追い、回避されて夜の迫るオフィス街の中へと消えてゆく。

来訪者ドルンセンジュの持つ力はふたつ。自分たちの精神力をエネルギーに転化して溜め込むものと、そのエネルギーを光弾として放出するもの——そう聞いていたのだが。

「連射が利くたあ聞いてねえぞ⁉　話が違いすぎねえか⁉」

「おや！　過小評価してくれていたのかね⁉」

「してねえよ、してねえはずなんだがなあ！」

悲鳴じみた叫びをあげながら、避け続ける。近づく隙がない。

「文句を言いたいのはこちらも同様だ！　一体何だね、それは！」

一方で、柊のほうにも余裕はない。接近戦になれば拓夢のほうが有利なのは間違いない。距離が離れている間に勝負を決めてしまいたいが、しかし、必殺の光条のことごとくが拓夢に当たらない。

両者ともに、余裕はない。

「君のパートナーの能力は、地球人の道具を模すものだと聞いていたのだがね⁉」

「ああ、その通りだよ！　パワードスーツは、地球人の道具だろ！」

拓夢は今、頭部を含む全身を、淡い光を放つ深紫色のスーツに包んでいる。その表面は金属板のようでもあり、同時に上質の絹布のようでもある。その構造は中世の騎士鎧《きしよろい》のようであり、同時に、死者を包み込む葬儀用の亜麻布のようでもある。

これは、メリノエの夢の、最も深いところに咲く花。

そして、彼女が地球上で引き出しうる、最も強い力。

見た目通りの鎧としても、もちろん機能する。しかしその一番の性能は、それが本来は夢の中のモノであるということ、現実に在りえない存在であるということにこそある。つまり、これを纏《まと》っている間、拓夢の体は現実の束縛からわずかに解き放たれる。速度、強度、出力、そういった諸々の全てが、常識的な限界の外へと踏み出す。

メリノエいわく、名をクロクゥスというらしい。

「そうか⁉　私はてっきり、特撮ヒーローの強化スーツの類いかと！」

「似たようなもんだろ、用途は同じだ！　すげえパワーで、すげえことをする！」

ドルンセンジュの光は、本来、エネルギーを溜めてから撃つもの。連射をするには無理をしなければいけない。そして無理は、いつまでも続けられるものではない。

拓夢は踏み込んだ。一筋の光条をかわしきれず、まともに脇腹に受ける。熱と衝撃。だ

が耐えきれる。速射性を得るために、威力が犠牲になっている。クロクゥスの装甲を貫くほどではない。

無理矢理に距離を詰め、渾身《こんしん》の拳を放――

轟音《ごうおん》。

至近距離で爆発が起きた。罠《わな》にかけられたとすぐに悟った。

速射した光条では威力が落ちるということを、当然、柊は理解している。ならば当然、それを補う戦術を持ち込んでいる。この戦場に予め爆発物を仕込まれるか、あるいは戦闘中にばらまかれるかしていたのだろう。それを、柊の光条が撃ち抜いて起爆した。

浮遊感。足場がなくなった。

爆風に、空中庭園の外――三階の高さの空中に押し出された。

爆発そのもののダメージは小さくとも、この状況はまずい。足場がなければ、当然落下する。距離が離れ、狙い撃ちにされる。

「虹を踏め！」

叫ぶ。言葉に反応し、クロクゥスの踵《かかと》のユニットが強く光る。落下が止まる。

虚空を足場に、体勢を立て直す。

――風が強い。風の音も強い。

「ハハッ、まったく驚いた！　そんなことまでできるというのか！」

それを押しのけるようにして、柊の声が聞こえる。

「ますます特撮ヒーローだ、夢がある！　玩具化して売り出したいくらいだ！」

「悪いがこいつぁ、うちの相棒のプライベートな夢でな！　非売品だよ！」

「そいつは失礼した！」

柊の両肩と両手に光が灯る。弾幕を張られる、と察する。


急がなければいけない。

この戦闘に費やせる時間は、あまりない。

『クロクゥスは、吾の夢の最も深いところに咲く力だ』

かつてメリノエは、こんなふうに説明していた。

『それを現実《こちら》に留めようとするなら、その間、吾自身が夢の内に留まらねばならん。だが、』

彼女は語った。メリノエが眠ると、本来、彼女の能力で引き出されていた道具は維持できない。夢は夢に還る。すべてはあの、花弁《はなびら》めいた光の欠片《かけら》に砕けて消える。

クロクゥスも、例外というわけではない。

本来ならこれは、現出と同時に砕け散るはずのもの。こうして纏っていられるのは、メリノエと拓夢とのパートナー関係を悪用した裏技のようなものだ。拓夢自身がクロクゥスに包まれ、メリノエの夢に溶け込むことで、無理矢理に彼女の役割を代行している。夢に還ろうとするクロクゥスを、現世に繋《つな》ぎとめている。
『とはいえだ。そもそも地球人《ヒト》に扱える領域の力ではない。只人《ただびと》であれば五秒と維持できぬ。お主は只人《ただびと》ではないが、だからこそ、扱いを損ねれば別の末路へと踏み込みかねん』

無理は、いつまでも続けられるものではない。
これは柊だけの話ではない。拓夢にとっても、同じように言えてしまうことだ。
残された制限時間は、せいぜい三分。
(言われてみりゃ確かに、特撮ヒーローっぽいかもしんねえな)
柊に見えないように、拓夢は苦笑する。

8.

人が、流れるように、同じ方向に向かって歩いている。
ただ一人、その流れに逆らって、寂院夜空は歩いている。
そうしているうちに、周囲に誰もいなくなった。動いている車すら、一台も見ない。
断続的に、爆発音も聞こえる。
いくつもの細い光の筋が、連続して飛び交っているのも見える。あれもアクション映画の破壊光線的なやつだろうか。

ここまで、警察車両も消防車も救急車も、あと自衛隊の戦車とかそういうやつも、まったく見ていない。周りに誰の姿もない以上、この異常に立ち会っているのはどうやら自分だけということらしい。それ自体が特上の異常事態としか言いようがない。

もうこれ以上進むなと、本能が叫んでいる。

「…………」

それでも、感じるのだ。

なぜだか、確信できるのだ。

近づくにつれて、〝直観〟の精細さが増している。斜め前方に127メートルほど。自分が今日探し求めていたナニカは、その位置にある。

「……むんっ」

平手で頬を叩く。気合いを入れ直す。

異変の中心地は、もう見えている。この視線の先、127メートルの場所にそびえる高層ビル。名は、統央カイロスタワービル。

◇

柊豪十郎とドルンセンジュは、強い。

彼らの放つ砲撃は、迅《はや》く、かつ熱い。充分な時間を与えてしまえば、クロクゥスでも耐えきれないだろう。それをさせないために距離を詰める、この判断は間違っていなかった。しかし、距離を詰めた程度では決定的なアドバンテージとは言えない。

「嘘だろ……」

そうこぼしてしまう。

今の拓夢の拳には、軽くコンクリートを砕く威力がある。まともに当たればそれで終わる。また、今の拓夢が纏う深紫色の装甲には、戦車砲の直撃をも耐え抜く堅牢《けんろう》さがある。牽制《けんせい》程度の速射であれば、難なく捌《さば》きされる。機動力もそうだ、拓夢自身がブラックアウトしないレベルにまで抑えているが、つまり戦闘機やF1に迫るレベルのトップスピードは出せているはず。

接近戦に持ち込めさえすれば有利に戦える、そのはずだった。そして実際に、何度となく、拳の届く距離にまで詰め寄った。

もちろん拓夢は格闘の専門家というわけでも、まして達人というわけでもない。しかしそれでも、調停者として一流の戦闘訓練を受けてきているし、経験だって積んでいる。つまり、ただ力任せに拳を振るっているわけではない。今の自分の膂力《りょりょく》に合わせた重心運び、連係の組み立て、フェイントの挟み込み、持ちうるすべての術理を注ぎ込んで戦っている。

なのに、攻めきれない。

光弾の応用なのだろう、柊が両腕にまとった光が、拓夢の拳を器用に逸らす。的確に撃ち出された光が、装甲を灼《や》くことこそできずとも、衝撃で動きを制してくる。肩を、膝を、脇腹を、喉を、ハンマーじみた力で衝かれるたびに戦術機動が狂わされる。高い機動力も、組み上げた格闘予定も、まともに活かせない。

それらをどうにかねじ伏せて、戦闘の主導権を無理やりもぎ取ろうとする。その焦りに付け込まれ、爆発物の場所に誘い込まれる。最悪のタイミングに起爆されて、無理やりに戦況をリセットされる。これも何度か繰り返した。

手玉にとられているような気になる。

クロクゥスに守られているとはいえ、攻撃を受け続ければダメージは積もるし、動きは鈍っていく。加えて拓夢には制限時間がある。このまま凌《しの》ぎ切られれば、負ける。

「嘘だ、は、こちらの台詞《せりふ》だろう……」

その一方で、柊の声や表情にも、余裕はまったくない。

「その装束が高水準な力であることに、驚きはない。見合った制限もあるようだしな」

砕けたコンクリートの破片でか、あるいは近距離で浴びた爆風でか、全身に細かい傷が刻まれている。

拓夢の拳を凌ぐ度に、血と汗とが混ざり合って飛び散る。

彼も必死なのだ。当たれば終わる拳と、攻めても打ち崩せない砦《とりで》を前に、紙一重の防戦を延々と続けている。卓越しているなどという簡単な言葉では表せないほどの洞察力と技術、そして集中力で。

「信じられないのは、その後だ……その馬鹿げた力を、君は乗りこなしているのだな」

「苦労したんでね！」

答えつつ、少しだけ、嬉しいと感じてしまう。

クロクゥスは暴れ馬だ。コンピューター制御されていない巨大ロボットだ。それ自体が強い力を出すことはできるが、暴走させず制御するためには、着ている人間が力を尽くし続ける必要がある。

なにせ拓夢自身のほかには、誰にも体験できない苦労である。これまで、理解を示してくれる者などほとんどいなかった。

「畔倉拓夢。強いな、君は」

「柊豪十郎。強いよ、あんたも」

互いを讃《たた》え合う——と、ほぼ同時。

拓夢が大振りの拳を放ち、柊が強い光を放った。

ふたつの力は正面からぶつかり合い、打ち消し合うことなく、その場で球状の衝撃として弾けた。

衝撃に巻き込まれたビルの壁が、床が、砂糖細工か何かのように崩れていく。二人はそれぞれ、逆の方向へと、10メートル以上の距離を弾き飛ばされる。

視界がぶれたように感じた。

（まずい）

そう思った。今の感覚は、クロクゥスの制限時間を過ぎた証だ。今すぐにでも武装解除しなければならない。さもなくば自分は夢に呑《の》まれ、戦闘どころではなくなってしまう。

（しめた）

同時にそうも思った。今の爆発で、柊が体勢を崩している。千載一遇のチャンス。今、この瞬間ならば、彼はあの神業めいた捌きが行えない。仕留められる。

双方ともにあと二秒、と拓夢は見積もった。

自分が戦闘不能になる前に、二秒ほどは戦えるだろう。

柊を撃ち倒すのに、やはりあと二秒ほどが必要だろう。

このふたつが同時ということはない。どちらかが先にはなるはずだ。だからこれは賭けだ。どちらの二秒が先に過ぎるか。斃《たお》れることになるのは誰なのか。

獣の咆哮《ほうこう》をあげて、崩れた床の残骸を蹴った。

爆風のエネルギーの残る空間を、一息に突っ切って、柊に迫ろうとした。

０・１秒未満の時間を争う、研ぎ澄まされた集中力の世界。

自分自身と倒すべき敵、このふたつの他に何も存在しえないはずの場所。

現実味のない、限りなく透明な決戦の瞬間に、

ふらり、

再び、視界がぶれた。

同時に、意識が、一瞬だけ途切れた。

まずいと感じた、その危機感すらもが、ほんのわずかな間、空隙に溶けた。

(しまっ――)

クロクゥスを着て動くということは、極限に近い集中力を維持し続けるということだ。

どれだけ強靭《きょうじん》な精神力を備えていたとしても、疲労と消耗からは逃れられない。

そしてクロクゥスは、本来、メリノエの夢の奥底にあるべきモノ。そこには常に、夢に還ろうとする力が働いている。その力は、着用者の意識を、現実から引き剝がすものとして働く。

この力は、幼子が夢の波打ち際で水遊びをするようなものだ。少しでも限界を踏み越えれば、簡単に潮にさらわれる。地に足の届かない場所で、夢に溺れる。

二秒は、とうに過ぎていた。

9.

(く、そ――)

唇の端を嚙みちぎり、痛みで意識を保とうとする。

しかし抵抗は虚しく、見ている景色が急速にぼやける。時間の感覚が薄れていく。ここが現実だという認識が霞《かす》んでいく。自分は夢を見ているのではないかという思いが強くなる。夢と現実が融け合ってゆく。

すべてから、現実感が消えていく。

（あ、あ――）

それでも、寸前までの勢いのままに、拓夢の体は最低限の動きを果たしてくれた。

勢いのままに拳を？

振るった。

なにかを、なぐった？

ような気が？　する？

なにかが、ふきとんだ？

のが見え、た？

――そうだ、いま自分は戦闘中だ。集中しろ――

――目の前に敵がいるはずだ――それも強敵だ――

――強敵ならたぶん強いだろうし――

――強いということはデカかったり固かったりするはずで――

——目の前にいるものの姿がぼやけてよく見えないけれど気がつけば見上げるほどデカくなっているし金属の塊でできているし棘《とげ》がたくさん生えているしどうしてこんなものと戦わなきゃいけないんだ世界は平和に包まれているんじゃないのかそんなわけがないだろうだからオレたち調停者は日夜戦っているんだここでテーマソング流してくださいパーパパパーン——

そこにあるはずの現実が、感じ取れない。
目は開いているし、脳まで情報は届いているはずなのに、認識ができない。

落下？　する？　している？
体が、地に、打ち付けられる？
痛み？　が全身に走り抜けて、る？

——立ち上がらないと——
——立ち上がるって何だっけ——
——両足を動かすんだ、両足ってどこにあったっけ、いや先に腕を使って上半身を起こすんだ、腕ってどこに生えてたっけ、動かし方が思い出せない、そもそも先に空気を吸わないと体は動かないぞ、でも空気ってどうやって吸うんだっけ、やばい苦しい、息のやり方を思い出せ、そういえば何かをしなきゃいけなかった気がする――

「――か、は、」

目前で、同じように落下したはずの何かが、ゆっくりと、立ち上がる。

その気配を、感じる。

拓夢は、立ち上がれない。

体を動かさないといけない、とは感じている。

けれど、うまくいかない。

明晰夢の中で金縛りに遭っているような感覚。

体と心とが、繋がっていない。

「装束の制御が切れたか。私の勝ち、のようだな」

昼の端から血を流しながら、柊は宣言する。

先ほどの交錯で柊に与えていたダメージは、本来それで勝負が終わっていておかしくないほどの、深刻なものだった。戦いを続けるどころか、動き回ることができない。瓦礫《がれき》にもたれていなければ、立っていることもできない。それほど深く彼は傷ついていた。それでも柊はまだ生きていたし、意識を繋いでもいた。さらには、戦う意志も残されていた。

その事実を、拓夢はうまく認識できない。

「とどめを、刺させてもらう」

柊が、右の手のひらを、拓夢に向けた。その掌中に、小さな光が宿る。

――ああ、何だか、白くて綺麗《きれい》だな――

放たれれば拓夢の命を奪うだろう凶弾。そのチャージ速度は、柊の口元に苦笑が浮かんでしまうほどに遅い。だが、着実に大きくなっていく。

「明日の私の部屋で、また会おう。今度は裏表なく、心から歓迎させてもらうとも」

その言葉は、拓夢に聞こえている。

聞こえているし、認識してもいるけれど、理解ができない。

オレは、なにをしていたんだっけ。なにをしなきゃいけなかったんだっけ。

拓夢の意識はもう、半ば夢に溺れている。夢の内側からでは、周囲の何もかもに現実を感じられない。

焦りだけが、どうしようもなく燻《くすぶ》る。そこに、

「夢太郎さん！」

その声が、聞こえた。

◇

「夢太郎さん！」

思わず、夜空は叫んでいた。

状況はわかっていない。そりゃもう、笑えてくるくらいにさっぱりだ。

統央カイロスタワービルが目前にある。何というかこう、見るからにボロボロである。壁面にはクレーターめいた衝撃痕《しょうげきこん》が無数に刻まれ、そこらの民家がまるごと潜れそうな大穴がいくつも空いている。脇腹をごっそりえぐりとられたような見た目になっているせいで、倒壊しないよねと心配になったりもする。

上層階から降り注いだ瓦礫で壊滅状態になった玄関前ロータリー、薙《な》ぎ倒《たお》された観葉植物、明滅する街灯、めくれ上がったアスファルト。

そして、二人の男。

片方は赤い鎧のようなものを着ていて、さらに血塗《ちまみ》れで、立ち上がっていた。あと、懐中電灯でも持っているのか、手が眩《まぶ》しく光っている。

そしてもう片方は、深紫色の全身スーツのようなものを着ていて、うずくまったまま動かずにいた。

後者の男が自分の探し人だ、と夜空は理解した。

距離とスーツのせいで顔も見えないが、間違いない。パン屑の道標《ブレッドクラム・ビーコン》、もとい今朝からの謎の直感が指し示していた先。いつだったかどこだったかで会った謎の男。畔倉夢太郎。

「夢太郎さんってば！」

ここで何が起きたのかはわからない、しかし尋常な状況ではないということくらいは容易に察せられる。目の前の二人が敵対関係であるらしいだとか、戦争映画でも見ているのかというくらいの派手な破壊はそのせいなのだろうだとか。

畔倉夢太郎が、どうやらピンチに陥っているのだろうだとか。

(——ああもう！　誰か、ちょっとでいいから説明してよホント！)

暴力的な勢いの風が、辺りに渦巻いている。夜空の髪が暴れる。

彼に駆け寄りたい、と思った。そうしようとした。しかし、足が動かなかった。今回ばかりは、不思議な力などではない。状況に対して感じる恐怖、当惑、無意識の拒絶、そういった夜空の中にある諸々が、体を前に進ませようとしなかった。

ここから男たちのいる場所までは、10メートル以上の距離がある。

ここで夜空にできることは、ただひとつ。声を張り上げることくらいだ。

「夢太郎さん！」

何度も、名前を呼んだ。そのたびに、彼はわずかに動いた。聞こえていないわけではないのだ。ただ、届いていないだけで。

どうしよう、と思う。

赤い男がこちらを見て、驚いた顔をしてから、無視して夢太郎に向き直った。その手の中の光はどんどん強くなっていく。あの光が何らかの武器で、数秒後には夢太郎を死に至らしめるものなのだろう。わからない尽くしの状況でも、そのくらいのことは察せられた。

何かを言わないといけない。

でも、名前を呼ぶだけでは足りない。

寂院夜空は、これまでふつうの高校生として生きてきた。気丈と言っていいだろうその心の強さにも、限度があった。危機感と無力感に押しつぶされては、まともに思考できるはずもなかった。頭蓋の内側から思考が消し飛び、真っ白になった脳が、彼女自身にも予想のできなかった言葉を叫ばせた。

◇

「がんばれ、ゆめくん！」

◇

畔倉拓夢は、その声を聞いた。
畔倉拓夢に、その声は届いた。
「……は」
体が、動いた。
夢から逃れられたわけではない。現実を正しく認識できたわけでもない。
ただ、その声と言葉は、あまりにも特別だった。

何度夢に見ただろう。どれだけ現実に思い返したことだろう。

今の拓夢に、夢《ゆめ》と現《うつつ》の区別はつけられない。だがこの瞬間に限り、そのことは何の弊害にもならなかった。ちぎれていた心と体が、ちぎれたままで同じく動いた。夢の中の拓夢と、現実の拓夢との区別が、その瞬間だけ意味をなくした。

クロクゥスを放棄する。

深紫の鎧だったものが無数の糸にほどけ散り、さらに一瞬の後には、無数の花弁の形を取って閃光《せんこう》に弾ける。

「な!?」

柊は反応した。視界を遮られながらも、拓夢のうずくまっていたその場所に光を解き放つ。生身となった拓夢に直撃すれば、むろん容易く命を奪っていたはずの一撃。

拓夢は動いていた。

クロクゥスを解いたところで、すぐに現実感が戻ってくるわけではない。頭は回らず、視界も安定しない。それでも体は動いた。身を投げ出し、光条の斜線から逃れた。腰に手を伸ばし、汎生体制圧用マルチシリンダーを抜き放つ。照準を合わせる余裕はない、だいたいの方向だけを合わせて引鉄を引く。幾度も、幾度も。

弾が尽きる。それに気づかず、引鉄を引き続ける。

時間が経つ。閃光が消える。

拓夢が落ち着きを取り戻す。銃を下ろし、立ち上がる。

柊が、倒れている。

「柊サン……」

手の中の銃《シリンダー》をちらりと見て、拓夢は呟く。来訪者ドルンセンジュと融合している今の彼に、通常の拘束弾では効果があるかわからなかった。だから、戦いに臨む寸前に弾倉を入れ替えておいたのだ。

今の彼にも確実に効くだろう——そしてその命を奪うだろう、強装弾に。

「おめで、とう」

唇の端から、濁った血の泡とともに、柊が称賛の言葉を吐き出す。

「……私は、死ぬ。取り決め通り、この勝負は君の勝ちだ」

「オレはっ！」

嗚咽《おえつ》が言葉を切る。

「オレは……そんな取り決めに、乗った覚えは、ねえスよ……」

「ならば、私の我儘《わがまま》に、付き合ってくれたということでいい……優しい後輩だな、君は」

「そんな」

馬鹿な話があるか、と叫びたかった。

「急ぎたまえ、このビルの二十八階だ」

遮られた。

「私は死ぬ。長めに見て、十分といったところか。それが過ぎれば、この船室《キャビン》はまた巻き戻る。このビルにまた人が戻ってくる」

柊は、表情を無理やり動かして、笑う。

「それでは面白くなかろう？　勝者のトロフィーは、勝利の余韻が残るうちに受け渡されるべきだ」

ああ——そうか。

夢に浸っていた余韻か、大事なことを忘れかけていた。自分たちは、この閉鎖市街をこの形に留めている舞台装置を破壊するために、ここに来たのだ。

顔を上げる。

「行くがいい。そして、明日以降の私を、よろしく頼むよ」

その言葉には答えない。

微笑《ほほえ》む柊から離れ、戦場から少し離れた場所にまで歩く。

街路樹のそばに横たえていたメリノエを抱き上げる。肌が異様に冷たく感じられる。その瞼《まぶた》は下りたままで、目覚める気配はない。その表情は恐ろしいほどに虚ろであり、どのような夢を見ているのかを察することもできない。

こうして深い夢に沈んだ彼女の体は、人形そのものにしか見えない。活発に動き回り、表情豊かに振る舞っていたメリノエのほうが、造られた偽りの姿なのではないかと思えてしまうほどに。

ぼんやりとそんなことを考えていた背中に、

「――あ、あのっ」

少女の声が、かけられた。

10.

ああ――、そうだったっけか。

戦いの最中、夢の中で聞こえていたあの声は、幻聴ではなかったのか。

「夢太郎さん、ですよね」

ゆっくりと、拓夢は振り返る。

もちろん、寂院夜空がそこにいる。

なぜ、という疑問が当然浮かんだ。すぐに脳裏から押しのけた。彼女がここにいる事実に向き直ることを優先した。

夢太郎さん。畔倉夢太郎。そういえば、いつだったか彼女に、そう名乗ったこともあったか。思い出そうとする。その時の自分は、どのように振る舞っていたのだったか。

「やあ」

紳士的に、と心がけていたような気がする。紳士とやらがどういうものなのかはわからないが、とにかくそういう方向性で。

「奇妙なところで出会うものだね、お嬢さん。散歩の途中かな？」

こんな感じだろうか。おしゃれな帽子があれば、つばをちょいと持ち上げていたところだ。

「教えてください、何があったんですか！」

拓夢の振る舞いにまったく構わず、夜空は叫ぶ。

「街が、おかしいんです！　みんな、気がつかないし、操られてるみたいだし、それに、ここで何があったんですか！　その人は……」

倒れた柊のほうを見る。さすがに声を落とし、

「どうなったん、ですか……」

まじかよ、と拓夢は思った。天を仰ぎたくなった。

何がどうしてこういうことになったのかはわからないが、どうやら〝今日〟の寂院夜空は、この閉鎖市街のいろいろな異常に気付いてしまった。そして、その異常を追いかけた結果として、この場所に辿り着いた。

誰かに導かれたというわけではないのだろう。だから、何が起きているのかを理解はしていない。混乱している。混乱したまま状況に立ち向かおうとしている。

どんだけ強い子なんだよ、と思う。

突き放さないと、と思う。

助けられたけれど。嬉しかったけれど。これ以上この人を、自分たちの事情に近づけたくはない。変わらず大切な人ではある、だからこそ遠ざけておきたい。拓夢少年としてではなく、成人の畔倉拓夢として、そう思う。

「……済まないが、お嬢さん」

拓夢は首を横に振った。

「答えることはできない。すべて忘れて、帰りなさい」

「でも」

「先の戦いの中、声援をいただいたことには、感謝しているよ」

感謝などという言葉で済ませることに、小さくない罪悪感があった。あの声にしがみつかなければ、夢から醒《さ》めることはできなかった。

拓夢は、夜空に背を向けた。

夜空はそれ以上、何も尋ねてはこなかった。近づいてもこなかった。

歩き出す。

改めて、ビルを見上げる。目的地は二十八階。どうやって上ったものだろうか。エレベーターは動かないだろうし、非常階段を駆け上るしかないだろうか。

「降ろせ」

腕の中、メリノエが薄く瞼を開いている。

「足を、いや翼を出そう」

「大丈夫なのか」

尋ねながら、言われた通り、地に降ろす。

どう見ても、まだ完全に目覚められていない。表情は硬いし、手足の動きもぎこちない。他の誰かであれば寝惚《ねぼ》けているだけで済ませられる話だが、ことメリノエの場合に限っては、それはまだ消耗から回復できていないことを意味する。

「例によって、クライマックスを丸々見逃したようだからな」

特大のあくびをひとつ、

「その後に階段を延々上るシーンなど、見たくはない」

「映画じゃねえんだぞ」

「似たようなものだ。面白いだのつまらんだのと騒がれはしつつ、その声に構わず楽しんだ者が結局は勝つだろう」

ふわりと、メリノエの手が踊るように動いて。淡い光が弾けて。

その一瞬後には、その手の上には、全長1メートルほどの、ハンググライダーのミニチュアめいたものが載っていた。

「これで飛べと？」

「無論」

グライダーという装備は構造上、ある程度の大きさ《スケール》がなければ揚力を確保できないし、そもそも自身の機能で高度を確保するようにはできていない。そういう常識があるはずではあるのだけど。

とはいえまあ、メリノエの道具に対し常識《それ》を言いだしても始まらない。彼女が空を飛ぶための道具を出した以上、問題なく空は飛べるのだろう。割り切ろう。

装備する。再びメリノエを抱き上げる。

ふと、一度だけ振り返る。黒髪の少女が、こちらを見ている。

その表情を見て、理解する。彼女は諦めていない。この場でゴネても拓夢――ではなく彼女にとっては夢太郎か――を困らせるだけだから黙っているだけで、彼女自身の中では、何も終わっていない。

困った人だ、と思う。

それでこそ先輩だ、と思う。

近づいてほしくないという願いは変わらない。安全な場所にいてほしい、それは絶対だ。けれど同時に、かっこいいままの彼女でいてくれたことが、とても嬉しい。

「頑張ったな、拓夢」

腕の中から、誉《ほ》め言葉が聞こえた。

「何の話だ？」

「色々だ」

細かく説明する気はないらしい。それきりメリノエは黙り込む。

何だよそれ、と拓夢は苦笑し、地を蹴る。グライダーの形状をした来訪者アイテムの力が、とんでもない推力を生み出した。航空力学の常識をすべて無視し、古典に語られるＵＦＯのような稲妻軌道を描きながら、空を駆ける。

◇

近づくな、と。関わるな、と。

言われて反論ができなかったのは、それが完全な正論だったからだ。

なにせ、自分がここにいる理由を、自分でも説明はできないのだ。

理屈はわからないけどこっちにあなたがいると確信できたので、直感に従ってここに来ました――などと正直に言ったところで信じてもらえる気がしない。盗聴器とか発信機とか使いましたとかのほうがまだ通じそうだ。

だから、退いた。けれど、諦めてはいない。

もう一度追いついてやる。そして次こそ問い詰めてやる。理屈のわからない力で空を飛ぶ夢太郎の背中を、夜空はにらみつけている。

「お嬢さん」

声をかけられ、我に返った。

砕けたアスファルトの上、血塗れの赤い男が倒れている。

「彼らの知人かな？」

「え……あ、はい……」

素直に答えていた。

致命傷を負っているようにしか見えなかった。生きて、話せることが不思議ではあった。しかし、非常識な光景を見すぎて、その辺りの感覚が麻痺《まひ》していた。

「って、生きてるなら！　だ、大丈夫ですか、救急車呼びますか!?」

駆け寄る。

「んんん、素晴らしい！　とても常識的で、良識的だ。その考え方は美徳だ、大切にしなさい」

嬉しそうに言ってから、男は大きな血の塊を吐き出す。

「ちょっと!?」

「それはそれとして、無駄なこともやめなさい。私はもう助からない。相棒が離れようとしないおかげで、多少死ぬまでの時間が延びているだけだ」

「待っておじさんなに言ってるの!?」

「あの青年のせいではない。責めないであげてくれたまえ」

「いやいや!?」

だから、こっちは、何もかもについて、わけがわかっていないのだ。状況が誰のせいだとか責める責めないだとか、そういうことを考える段階に至っていないのだ。

いやこれよく考えたら殺人じゃんとか、でもよく考えたら決闘してたみたいだから大丈夫なのかなとか、いやもっとよく考えたら決闘自体が日本の法律じゃ犯罪だよとか、筋のズレたことが頭に浮かんでは消えていく。つまり、まだ混乱している。

「――もしも、だ」

死にかけの男が、構わずに続ける。

「もしも、明日以降も思い出すことがあったなら――君がそういう立ち位置にいるのなら――彼の力に、なってほしい」

だ！　か！　ら！　言われている意味が、わからないっての！

混乱している人に、あまり思わせぶりなことを言わないでほしい。

「部外者扱いされているみたいなんで、約束はできませんけども」

うめくように、夜空は答えた。

「そのつもりでいます。あのひと、よくわからないけど、放っておけない」

そうだ。自分で言って、ようやく気付いた。

わからない尽くしのこの状況で、ひとつだけ、腑《ふ》に落ちた。寂院夜空は、畔倉夢太郎を名乗るあの男を、なぜだか放っておけない。放っておいてはいけないと感じている。それが、今こうして動いている自分の、原動力だ。

「だから……」

安心してください、と言うつもりだった。

男は目を閉じていた。

血に汚れたその口元には、満足そうな笑みが浮かんでいた。

「…………」

今度こそ死んでいる、と夜空は気づいた。

これまでの人生の中、こんなに近くで人の死を見たことはなかったはずだと思う。けれど思っていたよりもずっと自然に、その事実を受け入れられた。

「……何なの、もう」

爆音を、聞いた。

見上げる。目前のビルの上層階——たぶん二十八階——が、火を噴いている。

アクション映画のクライマックスシーンだ。完全に観客の心境になって、夜空はその光景を見上げている。


ぎしり、と何かが軋む音を耳元で聞いた。

バキン、と何かが割れる音を続けて聞いた。


巨大な機械音も聞こえてきた。無数の歯車とカムとクランクが、回りながら自壊している。破壊されながらも、設計された当初の機能に従って、最後のひと働きをしようとしている。何も理解できないまま、夜空はただ、その場所に居合わせる。

世界の終わり、という言葉が頭に浮かんだ。

世界は灰色に染まり、崩れ始めるのだと。時間が止まって、壊れて、巻き戻るのだと。

見えてもいないし感じ取れてもいないけれど、そう感じた――

11.

浮遊感に包まれる、体が落下を始める。

受け身をとる。無事に着地。


辺りを見回す。背の低いコンクリート塀。年季の入った木造家屋。おんぼろのアパート。そのすぐ隣に、比較的最近に建て直されたと思しき三階建てのマンション。がらがらの月《つき》極《ぎめ》駐車場。缶ジュースの自動販売機。チェーンの薬局の看板。

見慣れたというか見飽きたというか、とにかく四度目の眺めである。

「……結局、どうなったんだ」

抱いていたメリノエを放し、道端にあぐらをかいて、拓夢は尋ねた。

「問題のコアとやらは壊したよな。普通に戻ってきちまったように見えるんだが」

「今回のこれが、この閉鎖市街が迎える、最後のループとなるだろう」

淡々とした声で、メリノエは言った。

「お主が破壊したのは、このシステムにおける蓄電器のようなものだ。今日からは、もう巻き戻るパワーも、都市の民を欺き続けるエネルギーもない――」

「あー……そうだったよな、そういう話だった」

拓夢は肩を落とした。

「空は、まだ明るいな」

「吾が支えているからな」

言って、メリノエはひとつのディンプル鍵を取り出して見せる。ぶらさがった大量のキーホルダーが、じゃらりと耳障りな音を立てる。

「崩壊直前のシステムの管理権を一通り奪い、こちらの制御下に置いた。とはいえ現時点で稼働率はせいぜい八割、それも長くは保たんぞ」

「そうか……」

いまこの瞬間、東京の一部を切り取ったこの市街《まち》のすべては、メリノエのこの細い肩に載せられている。こいつが制御をしくじれば、すべてが消し飛んで塵しか残らない。

「気に病むな。もともとお主の任務に、この地の民を救えなどというお題目は含まれておらん。極端な話、すべてが死に絶えたとしても始末書を書かされることはないらん。極端な話、極端すぎんだろ。んでもって、そういう問題でもねえだろ」

メリノエの顔を横目で見る。

こいつも、本気で言っているわけではない。それはわかっている。

「お前、面白がっちゃいねえだろな?」

「そんなことはないぞ? いっぱいいっぱいになって、いや違った、日々を精一杯の力を尽くして生きるお主を好ましく思うているだけだ」

歯を見せて笑う。

「吾はお主の、必死に足掻く姿のファンだからな」

「全力で面白がる気でいるじゃねえか……」

「お主が、立ち止まらぬつもりのようだからな」

「ああそうかい」

空を仰ぐ。

「まずは、今後の被害を最小限に抑える策を立てる。それと、壁を壊せるまでの時間も測っとかないとな。あとあれだ、コトがこうなりゃ、黒幕のナントカも顔を出すかもしれねえし。そいつをふんじばることも考える」

「忙しいものだな」

「まったくだ。つうわけで……まずは、柊サンの再々説得からだな」

2002年、6月5日。

拓夢にとって四度目の、そしてこれが最後になる、閉鎖市街で迎えるその日付。

空はいつものように高く、晴れ渡っている。

夕刻には雨が降るだろうが、すぐに止むだろう。その後の天候がどう転がるかを、拓夢は知らない。誰も知らない。


立ち上がり、歩き始める。

早足で、メリノエが後を追ってくる。

「あの娘のことは、どうするのだ?」

訊かれる。

「もう、巻き戻りはないのだぞ。ここから改めて関係を結べば、今後もそれを保《たも》ってゆけるわけだが」

「そんなに気に入ったのか、畔倉夢太郎が」

「いやまあ、そういうわけではあるのだが」

「もう会わねえよ、あの人には」

拓夢は肩をすくめる。

メリノエは目を丸くする。なぜ、と語気強く尋ねてくる。

「何でっつうかよ……昔と同じ先輩に会えた。かっこいい先輩が見られた。それで満足できちまったっていうかな」

畔倉拓夢は、現代の調停者だ。使命を帯びてこの地にやってきた成人男性だ。そして寂院夜空は、この地に住まう、ごく普通の少女だ。異星の犯罪者などとは関わりがないし、近づくこともない。

もともと、巻き込んでいい人ではなかった。

拓夢の任務は、危険を伴う。そして拓夢の郷愁や思慕は、あくまでも、個人的な思い出だ。そんなもののために、無関係の一般人に近づくわけにはいかない。

守らなければならない、という思いはより強くなっている。これから東京は混乱し、危険にもなるだろうから。けれどそれは、すぐそばにいなくてもできるはずのこと。

「成程」

メリノエは深く頷く。

「年老いた自分に改めて気づき、失恋を受け入れたということか」

「待て。ンなこた一言も言っちゃいねえぞ」

「そのくらい察するとも、長い付き合いだからな。確かに仕方があるまい、思い出には勝てぬというのは恋愛ごとの常。若かりしころの自分自身など、挑む気も起こらぬほどの強敵よな」

「だから待て。話を創《つく》るな盛るな広げるな」

わいわいと言い合いながら、道を往く。

ex

キャビン【船室】《名》
❶船の中の部屋。❷来訪者が用いる空間操作技術の総称。現時点の地球人ではその原理からして理解不能であり、物理的にも存在する一種の仮想空間のようなものと解釈されている。

sequenceex

毀れた円環の外側で

ここに一人の少女がいる。

朝が来て、目を覚ましたばかりだ。

ぼんやりとした寝ぼけ眼《まなこ》のまま、首をかしげて、

「…………あれ？」

辺りを見回している。


なにかがおかしい、とその少女の本能は感じた。

「ええと……？」

少し考えて、気のせいだろうと少女は結論した。同じように訪れる朝、同じように過ごされる毎日。小さな違和感にいちいちつきあってなどいられない。

「おねえちゃん？　大丈夫？」

部屋の入り口、年の離れた妹が心配そうにこちらを見ている。

大丈夫、と声を返そうと思った。それが自然だと感じていた。けれど、

「え……と」

うまく、言葉が出せない。

「おねえちゃん⁉」

驚愕《きょうがく》の顔で、妹が部屋に飛び込んできた。

「ほんとに大丈夫⁉　かお、まっ青《さお》だよ⁉」

「そう……かな……？」

言われてみれば、寒気がするような気が、しなくもない、ような。

「おきちゃダメ、ねて！　学校は、おやすみして！」

肩を押され、有無を言わさず、ベッドに押し戻される。

「おかーさーん！　おねえちゃん、具合わるいってー！」

飛び込んできた時と同じ勢いで、妹は部屋を飛び出していく。元気だなあとその背中を見送ってから、ぼんやりと天井を見つめる。

なにかを忘れているような、気がする。

一度忘れて、一度思い出して、追いかけて。追いついて。そういった大事なものがあったような、気がする。

うんうんとうなってみたけれど、ダメだった。何も思い出せない。

体調のせいだろうかと思う。

ならば、妹の言う通り、ここは大人しく休むべきだろう。元気になって、それから向き合うべきだろう。体力は大切だ。すべては人の体力から生まれるのだから。

布団の下で、寝返りをひとつ。

「………」

その瞬間、電に撃たれたかのように、違和感のひとつの正体に気づいた。

目を見開いて、両手で口を塞いで、どうにか悲鳴を堪《こら》えた。

自分は、寂院夜空《じゃくいんよぞら》は、一人っ子だったはずだ。

妹など、いるはずがない。

では、先ほどこの部屋にいたのは、何の疑問も持たずに自分も受け入れてしまっていたあれは、いったい何なのだ——？

◇

東京都某所。薄暗いアパートの一室。

ＰＣが一台、ひっきりなしにエラー音を出している。

一人の少年が、その前で、頭を掻《か》きむしっている。

「あーもー！　どうなってんだよ！　バグか⁉　新バグ出たのか今さら⁉」

古びたブラウン管モニタを、ばしばしと叩《たた》く。走査線がちらついて画像が乱れる。しかし、表示されているデータは変わらない。

「わかんねー……チャートどっか間違えたのか？　でもなあ、前回はこのセンでいいトコまで進めてたよなあ……」

マウスを動かし、次々とデータを画面に呼び出す。文字と数字と簡素なグラフが、表示されては消えていく。忙しく目を動かしながらそれを追いかけて、

「は⁉」

赤い文字を見咎《みとが》めて、動きを止める。

「……壊れたのか⁉　嘘《うそ》だろ⁉」

見る間に、顔色が青くなる。

「壊そうと思って壊せるもんじゃない。警察のアイツは諦めてたはずだよな、じゃあ誰がやったんだ。閉鎖市街住《こ》み《こ》でそんな演算力のある来訪者はそう多くない、ワークスモークか？　カルフォニか？　いやあの連中に何の利益がある？」

ぶつぶつと呟《つぶや》きながら画面に目を走らせ、考えて、天井を仰いでから、畳の上へと背を投げ出した。

「駄目だ。このままじゃ、船室《キャビン》本体が壊れる。冗談じゃねえぞ、コンチクショウ」

両腕で目を覆い、しばし沈黙して。

「……僕が動くしか、ないか」

ゆっくりと、立ち上がる。

「ヤタロー、音声入力開始。都市シミュレートプロトコル、X2460871から271346まで及び二階層以内の関係ルーチンを凍結。そのぶんのリソースを一通り、環境維持と認識改変の強度維持に回してくれ」

『警告』

どこからともなく、合成された電子音が応《こた》える。

『船室《キャビン》機能維持に必要な計算速度が維持できません』

「わかってる。それはこれから、僕がどうにかしてくる」

『再警告。それは現実的なプランではありません』

「ふん。機械のお前と一緒にするな。僕ならこのくらい、簡単に演算できる」

短い沈黙。

『承諾。迅速な処置を期待します、ジャ〰ー＝クスル〰＝ジャ〰』

「そのつもりだよ」

『ご武運を』

「別に戦闘しに行くわけじゃない、そいつは余分だ」

『それでも、ご武運を』

「いや聞けよ。お前まで壊れたのか？　まったく」

くたびれたパーカーを羽織る。薄い財布とおんぼろの携帯ゲーム機をポケットに突っ込む。踵《かかと》の踏みつぶされたスニーカーを履く。アパートの扉を開く。

そして、少年の姿をした来訪者が一人、東京の街に出る。

a fighter in rest.

暗闇の中。

静かな吐息だけが聞こえている。

こめかみと額《ひたい》に、冷たいものが触れている。

その接点から、ゆるやかに体熱が流れ出していく。

——気配が、離れる。

柊《ひいらぎ》豪十郎は、薄く目を開いた。距離にして十数センチ、至近といっていいだろう場所に、線の細い少女の顔がある。

ほう——、と、その薄い唇から小さく吐息が漏れるのを聞く。

「もういいのか？」

小声で尋ねる。

少女、来訪者ドルンセンジュは微《かす》かに目を伏せる。わかりにくいが、既に満ち足りているという意思表示なのだろう、たぶん。

「そうか」

柊はソファに腰を下ろした。

熱を奪われた全身が気怠《けだる》い。眩暈《めまい》がする。身動きがとれない。

感覚としては、疲労に似ている。しかし、体そのものに異常があるわけではない。ただ、動こうという気が湧き起こらないだけだ。眠気もなく、眼《め》を閉じようという気にもならない。糸の切れた操り人形のように、ただ無為にその場に転がることしかできない。

その隣に、無言のまま、ドルンセンジュが腰かける。

二人寄り添うようにして、ただ時が流れるのを待つ。

半開きのままだった扉がノックされた。スーツ姿の中年男が部屋に入ってくる。

「調査班から報告書があがってきた。置いておくぞ――」

柊の隣の少女に気づき、眼鏡《めがね》を光らせる。

「――小娘もいたのか。食事の邪魔をしたか?」

問われた。柊は、気力を奮い立たせて、どうにか口を開く。

「気にするな、もう終わった。それに、センジュのこれは『食事』ではない」

「ふん。では、青少年保護育成条例違反の現場とでも言おうか?」

スーツの男が鼻を鳴らす。

「事情を知らなければ、この光景、そうとしか見えんからな」

「はは」

柊は笑う。確かに、光景だけを見れば、その通りだろう。自覚はある。粗野で大柄で年かさの自分。親子ほども年が離れた少女（の姿）のドルンセンジュ。そんな二人が、気怠く寄り添い合っている。世間一般の倫理観に照らし合わせれば、あまり良い状況とは言えないだろう。

そんな男二人のやりとりにも、ドルンセンジュは反応を示さない。意志の感じられない目は虚空に焦点を結んだままだ。

この娘にはそれしかできないのだと、柊は知っている。

「だが、そうではない」

少女の額に落ちた前髪を、指先でかきあげてやりながら。

「そうではない。だからこそ、こやつは、ここにいるのだから」

◇

自身の激情を、物理的なエネルギーに変換する。

ドルンセンジュは、そういう種類の能力を生まれ持つ種であるらしい。

ティーン向けのアクションコミックなどでは定番と言っていい能力だが、現実におけるそれは、少なくとも便利なものではなかったらしい。戦いの中で力を振るえば振るうほど、そもそものモチベーションが削れ落ちてゆくのだ。

戦う理由は変わらないまま、戦う意気が萎《しな》び落ちてゆく。そして、どこかの一点を超えた時点で、もう戦うことができなくなる。

ドルンセンジュの母星系が、文明喰《く》いの星間船団に侵略されたらしい。

彼女は、同族たちとともに、戦ったらしい。

最後まで戦った、というのが彼女の強さだった。

最後まで戦った、というのが彼女の悲劇だった。

激しい戦いの中で、彼女は自身の心を燃やし尽くしてしまった。

同胞を愛した気持ちも。侵略者へ向けた怒りや憎しみも。燃え上がる故郷を離れた悲しみも。未来を想《おも》う希望の類も。今この時を生きるための活力さえも。全てを。区別なく。

破壊の光条の焚《た》きつけとした。

そうした戦いの過ぎ去ったあとには、少女のかたちをした抜け殻だけが残った。

◇

「――来訪者は、地球人とパートナー関係を結ぶことで、部分的に体質を共有できる」

再び、眼鏡が光る。

「その小娘は今、お前と繋《つな》がりお前の熱を奪うことで、かろうじて自己の存在を保っている。その意味を、どう考えている」

「ふむ？　どういう意味かね」

「自分では生産できなくなったエネルギーを、お前から吸い上げているだけ。そこには信頼も信用もない。懐かれているのでも頼られているのでもない。そうニヤけた面で受け入れていていい状況ではない。お前はただ、搾取されているだけだ」

「ニヤけているかね、私《わたし》は」

「少なくとも、嬉《うれ》しそうには見えている」

「それは……まあ、そうだろうな」

柊は頷《うなず》く。

「認めるのか」

「間違いなく、喜びではあるからな。意味合いはおそらく、君が言わんとしているものとは異なる方向に向いているだろうが」

眼鏡の男は無言で先を促す。

「こやつは戦士だ。今はただ、疲れて立ち止まっているだけ。私は、図体《ずうたい》だけ大きな立ち木として、涼しい木陰を提供しているに過ぎん。自分の葉の下で誰が微睡《まどろ》もうと、それを搾取と訴えるような樹《き》はないだろう？」

「だから信頼も信用も必要ないと？」

「そんなところだ」

「……枯れる寸前まで樹液を吸い上げられているようにも見えるが？」

「大したことはない。君がいつも、私を『無駄に暑苦しい』と評している通りだ。多少の激情を奪われた程度でどうにかなるほど、柔《やわ》ではない――」

その言葉を聞き留めたわけではないのだろうが。

それまで柊の隣で微動だにしなかったドルンセンジュが、動き出した。両の手を伸ばし、柊の頬を挟み、強引に自分のほうへと顔を向けさせる。

華奢《きゃしゃ》な外見に似合わず、力が強い。そして柊は、強がってはみせたものの、抵抗できるほどの気力が戻ってきていない。

「……うん？」

いやな予感がした。

「あー……センジュ。〝共融〟はつい数分前にやったばかりだろう」

呼びかける。その言葉に、ドルンセンジュは反応しない。

力強い両腕が、柊の顔を、自分のそれへと近づけてゆく。

「そう間をおかずに繰り返していては、なんというか、そう、消化に悪いだろう。地球には、食休みを大切にしようという文化があってだな――」

「食事ではない、のではなかったか？」

「あ、ああー、まあ、そういう考え方もあるな」

「多少の激情を奪われた程度でどうにかなるほど柔ではない、とも聞いたな」

「それは、まあ、うむ、その通りなのだが、ものには限度が……というかだな、待て仙悟《せんご》、センジュを止めてくれ、〝共融〟の直後は思うように体が動かぬのだ、おい、なあ、おい――」

訴える柊に構わずに。

仙悟と呼ばれたその男は、部屋を出た。後ろ手に扉を閉める。

「――戦士、か」

柊豪十郎という男は、戦う者を好む。

自らの意志によって望みを勝ち取らんとするものを評価する。そのために悩み、苦しみ、それでもなお突き進めるような強さを敬う。それこそ、星の此方《こちら》と彼方《かなた》に関係なく。

長い付き合いだ。彼がそういう人間だということを、仙悟はよく知っている。

「まったく、面倒な男だよ」

呟《つぶや》き、仙悟は歩き出す。

背後の扉の向こうから、悲鳴らしきものが聞こえて、消えた。

あとがき

かつて失われてしまったもの、この手から滑り落ちていったもの。取り戻せないとあきらめたはずの喪失。それらすべてが、いま、目の前にある。手を伸ばせば届くかもしれない、再び触れられるかもしれない、そういう距離に輝いている。

そんな感じにお送りしました、『輪転式《りんてんしき》ステレオプティコン -jailed in 2002-』なのでした。

この書籍版発表に先駆けてカクヨムネクストにて連続掲載されたりもしましたが、その際に名乗ったジャンル名は「明るく元気な近未来バディアクションのふりをした愛と勇気の物語のふりをした近過去くいだおれの旅のふりをしたSF定番の某ジャンル作品の皮を被った別の何か」です。ジャンルって何でしたっけね。

はじめましての方ははじめまして、そうでない方はお久しぶりです。枯野《かれの》瑛《あきら》です。

ところで、かつて「あとがきを登場人物に乗っ取られる」という定番ネタがありました。流行っていたのは主に90年代ごろなので知らない方も多いかもしれませんが、とにかくあったんです。で、私も、そこそこ長くこの業界にいる身として、一度はやってみたいかもなあみたいなことを考えていたりもしました。

で、今回は、「いかにもあとがきを乗っ取りそうな登場人物がここにおるぞ？」とばかりに、メリノエが獲物を狙う目でスタンバイしていました。

ですがまあ、今それをやっても、かつてを知る世代にだけ通じる内輪ネタにしかならないねえ……ということで、なんとかキーボードを死守し作者本人がここを書いています。


さて、この物語についての解説といいますか、「ここで終わる」ことについての説明をさせてください。

2年前の春に、依頼を受けました。

「アニメやゲームを含んで展開するこれこれこういう壮大なプロジェクトが持ち上がるので、外伝となるこのエピソードを三冊構成のストーリーにしてほしい」

その時に提示されたのが、２００２年に閉鎖された東京、突入したエージェントがかつての思い人の姿を見る……とまあそんな感じのアイデアの断片を、小説の形に組みあげてくれという話でした。

この時に、依頼を引き受けて書いた原稿が、今回のこの物語の前身になります。

前身というのはもちろん、その時の原稿そのものではないということです。いろいろあってこの依頼の話がなかったことになり、私の手元には三冊分のプロットと一冊ぶんの原稿だけが残されました。その一冊分の原稿をいろいろと手直しし、権利関係のあれこれもクリアにして、背景世界をごっそり入れ替えて、独立した一本の話に仕立て直したものがこの『輪転式ステレオプティコン』となっています。

そのため、失われた東京をめぐる拓夢たちの戦いは、今回の話の後にも、あと二冊分続いています。

今回エピソードの最後にいきなり顔出しした、謎の少年とか。

同じくいきなり不審者バレした、謎の……謎の……ええと、ナニモノカとか。

輪転から解放された地にいまだ蠢く、異星からの稀人。地球人と異なる理屈と感性、そして常識外の技術をもって闊歩する来訪者たち。圧倒的なその脅威に、絆とか根性とか愛され体質（一人にのみ）とかで立ち向かう。がんばれ拓夢、負けるな拓夢、先輩が見てるぞ、隣の自称ヒロインが途中で寝ないように気をつけろ——

いずれどこかでお披露目できる未来があるかもしれません。きたらいいな。その日を信じて、ゆめくんたちには、しばらく2002年の青空を見上げていてもらいましょう。

そんなところで。

願わくばまた、どこかの星の上でお会いできますよう。

2024年春　枯野瑛

輪《りん》転《てん》式《しき》ステレオプティコン - jailed in 2002 -

2024年6月30日　初版発行

著　者　枯《かれ》野《の》　瑛《あきら》
イラスト　パルプピロシ
発行者　山下直久
発　行　株式会社KADOKAWA
〒102-8177 東京都千代田区富士見2-13-3
電話 0570-002-301（ナビダイヤル）

編集企画　ファミ通文庫編集部
デザイン　AFTERGLOW
写植・製版　株式会社オノ・エーワン
印　刷　TOPPAN株式会社
製　本　TOPPAN株式会社

［お問い合わせ］
https://www.kadokawa.co.jp/（「お問い合わせ」へお進みください）
※内容によっては、お答えできない場合があります。
※サポートは日本国内のみとさせていただきます。
※Japanese text only

 ISBN978-4-04-737899-5 C0093　　定価はカバーに表示してあります。